ファーストコール2
～童貞外科医、年下ヤクザの
嫁にされそうです！～

谷崎トルク　著

Illustration
ハル

エクレア文庫

CONTENTS

登場人物紹介

高良惣太《たからそうた》

32歳童貞、柏洋大学医学部付属病院勤務の外科医で若き整形外科《オルト》のエース。

患者

命の恩人
&
一目惚れ♥

伊武征一郎《いぶせいいちろう》

30歳、関東一円を牛耳る三郷会系伊武組の御曹司であり若頭、極道界のサラブレッド。

ファーストコール2

～童貞外科医、年下ヤクザの嫁にされそうです！～

1. 恋煩う

「せ、せ、征一郎さん……セイチローさん……せいさん……せいいちろ……ううむ」

惣太《そうた》は病院にある個室のトイレで一人悩んでいた。

ついこの間、伊武《いぶ》からそろそろ名前で呼んでほしいと真面目な顔で懇願された。正直、お互いの呼び方などなんでもいいだろうと付き合う前は思っていたが、実際に付き合ってみると非常に大きな問題だと分かった。

伊武の屋敷には「伊武さん」がたくさんいて、両親や兄弟だけでなく親戚筋にも伊武さんがいる。性別も年齢も皆バラバラだ。そして相手は全員ヤクザ……気軽に呼べるわけでもなかった。

――だからって、伊武って呼び捨てるのも変だしな。

自分の恋人である伊武を確実に呼び止めるためにはファーストネームで呼ぶしかなかった。

「征一郎さん……か」

なんとなく敷居が高い。緊張するというか、要するに恋人的な距離感にドキドキしてしまうのだ。伊武の反応も想像できるだけに気が重かった。

名前を呼んだら、きっと目をキラキラさせながら「先生!」と叫んで抱きついてくるのだろう。そんな時の伊武はちょっとだけ受け止めづらい。愛の過積載にたじろいでしまう。

その伊武は先生呼びのままで大事な所だけ「惣太」と呼んでくる。主に……そんなシーンでだ。呼び名が安定していないのは伊武も同じで、そこは腑に落ちなかったが、惣太の方が呼び方を征一郎さんに変える必要は確かにあった。これまでの喋り方も、だ。

——先生と俺は医者と患者という関係を超えた。だからもっと恋人らしい話し方をしてほしい。甘えたり、時々は可愛い感じも出してほしい。

伊武にそう言われて、また一つ悩みが増えた。

確かに今は、ですます調で話すことが多い。口調が他人行儀に聞こえると言われてしまえばそうかもしれなかった。

惣太は元々口が悪い。もちろん、上級医や患者に対しては常識的な話し方をしているが、それ以外の人に対してはフランクな言葉遣いだ。あまり汚い言葉遣いをすると伊武に嫌われるかもしれない。

一体、どうすればいいのか。

恋人ができたというだけで、日々、悩みが増えていく。

惣太はルールやマニュアルがないことをこなすのがあまり得意ではなかった。

「あー、ホントにどうしたらいいんだー。誰か教えてくれ……」

ぼんやりと溜息をつく。便器に座ったまま、祈りのポーズで自分の両膝に肘を着いた。もちろんズボンとパンツは足首で絡まった状態だ。

「神様～」

個室のトイレで神に祈ったのは一昨年、ノロウイルスにやられて以来だった。

「あー、やっぱり神様なんていないよな。自分でなんとかするしかないか……」

自分の吐いた溜息がピンク色をしていることも、取り巻く空気がキラキラと輝いていることも、惣太自身は全く気づいていなかった。


午前の外来を終えた昼休み、惣太は同僚の医師である林田を外来棟の最上階にあるレストラン「はくよう」に呼び出した。お互いにうどんを啜りながら会話をする。今日の林田はカレーうどんで惣太はキツネうどんだ。

「一つ、聞きたいことがあるんだが」

「なんだよ」

「おまえは恋人のことをなんて呼んでる？」

「恋人？　いねぇよ、そんなもん。……ったく、ちょいちょい、リア充の優越感を挟んでくんなよ、うぜぇな。ここは病院の中だってことを忘れんなよ」

「過去でもいいぞ」

「はあ？　全く、面倒だな。おまえのその、恋愛初心者特有の浮かれ具合、イラッとするわ」

「やっぱり、名前で呼ぶべきかな……」

「聞いてんのか、コラ」

「林田ならなんて呼ばれたい？　おまえの名前は学《まなぶ》か。まなぶくん？　まなぶさん？　まなちゃ

「ん？　ガクくん？」

「うるせぇよ」

「やっぱり、誰にも呼ばれない名前で呼ばれたいか？　まななとか」

「いい加減にしないと、キツネうどんのキツネ部分を根こそぎ奪うぞ」

「いいぞ、欲しいならやるよ、ほら」

惣太は箸で油揚げをぺろんとめくった。

「心の余裕を見せるなよ。ムカつくなあ」

「やっぱり、ストレートに名前を呼んであげるべきかなぁ、征一郎さんって」

「……おまえ、その顔……鏡で見て来い。瞳孔フルオープンでマジで怖いわ。目、キラッキラしてんぞ」

「征一郎さんかあ……」

「もうやめろ。名前的に男と付き合ってんのバレバレだぞ」

「はぁ……」

「その見た目でヤクザの若頭を抱いてるとはな。ああ、恐ろしい。世も末だ……」

「せいさん、とかだと……なんかヤクザ感が出すぎるよな。どうしたらいいんだろう」

胸がいっぱいでうどんが食べられない。以前なら、これにおにぎり二個とお稲荷さん三個は余裕でいけたが、今日はうどん半分でお腹がいっぱいになった。

「あー、悩みが多いなあ」

「もう病気だな……おまえ。脳内ホルモンジャンキーだぞ」

「なんかさ、胸がいっぱいでご飯も食べられないし、世界がキラキラして眩しいし、すぐに涙ぐんじゃうし、とにかく大変なんだ……」

「恐るべしフェニルエチルアミン。まあ安心しろ、恋愛ホルモンのせいで脳内がお花畑になってるだけだ。じきに治る」

「うーん」

結論は出ず、結局、残りのうどんは林田に食べてもらった。


体は軽い。何をやっても、これでもかというくらい集中できる。診察の勘も冴え、オペのスピードもいつもよりアップしている。やる気に満ち溢れ、今すぐにでも走れそうだ。看護師や技師にも「先生なんかスゴイです」と驚かれるほどだったが、心のどこかで満たされないものがあった。

惣太も伊武も仕事が忙しく、毎日会えるわけではなかった。一緒に暮らしたりも、まだしていない。会えないと分かっている日は朝から心がしぼんでしまう。そんな日は、いてもたってもいられず、忙しくするためにわざと仕事の量を増やしたりした。海外の論文や学会誌を読んだり、新しいオペの術式やアプローチを無理矢理ひねり出したりして、隙間の時間を埋める。そうでもしていないと伊武のことを考えてしまう。そして寂しくなってしまう。

不思議だった。

以前ならのんびり過ごしていたはずの時間を普通に過ごせなくなっていた。どんなふうに過ごしていたのかもよく思い出せない。

――おかしい。

心が通じ合ったはずなのに、また新たな恋の病に罹りつつある。

気持ちが落ち着かない。

伊武に会いたい。

薄暗い医局で一人、スマホを眺めた。

今日もメッセージがたくさん来ている。返信をしようとあれこれ考えて、いい言葉が見つからず、結局、カワウソがハートを抱えているスタンプだけを返した。ちゃんと既読になっているのが嬉しい。

明後日の当直を終えてしまえば、また伊武に会える。連続で三十六時間勤務することもあったが、次は問題なく会えそうだ。一日、共に過ごせる。そう思っただけで頬が緩んだ。

不意に声を聞きたくなったが通話は控えた。休憩中とはいえ仕事中だし、何より、伊武の声を聞いてしまったら余計に寂しくなりそうで怖かった。スマホの中に保存してある写真のフォルダを開く。様々な角度から撮られた伊武の姿があった。

――カッコいいな……。

三つ揃えのスーツ姿で立っている画像が惣太のお気に入りだった。

手脚が長く、がっしりとした肩のラインや男性的な腰のラインが色っぽい。スーツの袖から覗く筋張った手首や手の甲、清潔な指先にも色気を感じた。少し深爪気味なのがアンバランスで可愛いのだ。そして、ミリ単位で調整されたフルカスタムのスーツ姿に、いつもうっとりしてしまう。

――なんか戦闘服みたいなんだよな。

皆から若頭と慕われているこの広い背中に後ろから抱きつきたい。上着の内側にこっそり腕を忍ばせてYシャツの上から伊武の筋肉を感じたい。指先でピンチアウトして伊武の顔を眺める。真っ直ぐ伸びた眉と、鋭いけれど奥に優しさを湛えた瞳。高い鼻梁と薄い唇。影のある頬も男らしくて魅力的だ。

――ああ、カッコいいな。

伊武の声を聞きたい。そして、逞しい体に甘えて抱きついて、頭がくらりとするような伊武の匂いを嗅ぎたい。

だがしかし、ここまでは全て妄想――

実際に会ったらそんな勇気はない。現実の惣太は未だに伊武とまともに目を合わすことさえできない状態だった。

見た目はカワウソ、心はチキン。自分でも本当に面倒くさいと思う。

キスどころか好きだとさえ言えず、伊武に部屋の隅まで追い込まれて、きゅんきゅん鳴くことしかできない。

林田の前ではあんなにも饒舌になれるのに、一体、どうしたというのだろう。妄想の自分と実際の自分に乖離がありすぎる気がする。このままで本当に大丈夫なのだろうか。

気分を変えようと惣太は林田の席に置いてあった雑誌を手に取った。

モテる男のマガジン――ＩＫＥＯＪＩ――とある。〝野性味溢れる男になる！〟という見出しが目に入った。これ以上の野性味を手に入れて林田は何をしたいのだろうと一瞬思ったが、看護師にモテると言い切る林田のことは恋愛の先輩として尊敬している。

パラパラめくっていると都内にあるお洒落なお店や新しくできたスポット、時事ネタや時計・ファッション・車といった男が喜びそうな特集が組まれていた。

――プレゼントか……。

気がつけば伊武から溢れんばかりの物と愛情を与えられている。さすがにランボルギーニのカウンタックを運転する勇気はなく、それはコンパクトなクーペタイプに変えてもらったが、時計と革靴、家具、家電にわたる日用品はありがたくもらってしまった。自分も何か返した方がいいのかと思ったが、伊武はいらないという。全ては先生に対する愛情だからと。

先生はただ傍にいてくれるだけでいい。それだけで価値があると言われて、また困惑する。対等ではない。伊武の愛に埋まって自分が見えなくなっている。バランスが悪い。恋愛のバランスはどうやって取ればいいのか。自分も何か与えたい。こんなふうに一方的に与えられる状態でいいのだろうか。

でも――

白馬に乗ったイケメンヤクザが向こうからパカパカやってきたんだから仕方がないだろ、とセルフ突っ込みする。ある日突然、極道の騎士が現れて心も体も大事な部分も奪われてしまった。抗う暇も力もなかった。だから仕方がない。とにかく好きで好きで、好きなんだからもうどうしようもない。なるようになれ、だ。

ああもう、考えるのはやめよう。自分のやれることを精一杯やろう。伊武の写真を見ながら「よし！」と気合いを入れた。

その日も惣太は、ピンク色の溜息を周囲に振り撒きながら仕事に取り組んだ。


当直明けの午後、一度自分の部屋に帰って休んだ後、伊武に会おうと思っていたが、当の伊武が病院まで迎えに来てくれた。車で伊武のマンションに向かう。何か欲しいものがあるかどうか訊かれたが特になかった。それより早く部屋で二人きりになりたかった。

「先生、おかえり。……おいで」

伊武が何かの儀式のように玄関でぎゅっと抱き締めてくれる。

——あ……。

ようやく会えたという安堵と、会いたくてたまらなかった相手が傍にいるという緊張で胸が甘く騒いだ。旋毛《つむじ》やうなじにキスを落とされて、どうしようもなくドキドキしてしまう。

「心臓の音が聞こえるな」

「うっ……」

「先生は、いつまで経っても俺の抱っこに慣れないな。ただ抱き締めているだけなのに、こんなにも体が熱い」

「気のせいです」

「戸惑う先生も愛らしくていいが、これでは先生が落ち着かないだろ？」

「落ち着いては……います」

「顔が真っ赤だが？」

「変ですか？」

「正直に言うと変だ」

「ああ……」

伊武は正直すぎる。

「うちのイタリアンで出しているパプリカと同じ色をしている。今日の先生は可愛いパプリカちゃんだ」

それ以上言うなよと思う。心の中で伊武の喉チンコを往復ビンタした。

「疲れた……」

惣太は伊武の胸にそっと顔を埋めた。温かくていい匂いがする。このまま眠ってしまいたい。すると、心を読んだかのように優しく抱き上げられた。俗に言うお姫様抱っこだ。

「仕事を終えた後の先生の匂い、好きだな」

「嗅がないで下さい」

伊武の匂いを感じるのは好きだったが、自分の体を嗅がれるのは苦手だった。オペに入ると様々な種類の匂いに晒される。ケミカルな麻酔薬の匂いや電メスが肉を焼く時の匂い、臓器や血液の匂いもそうだ。もちろんオペが終わった後、シャワーで体を流すが取れない匂いも多い。惣太はそれが気になっていた。

「伊武さんは匂いフェチなんですか？」

「先生限定でそうだ。俺はただの惣太フェチだ」

「うっ……」

伊武は惣太の髪やうなじや手の匂いをよく嗅ぐ。何かのマーキングのようでもあり、検査のようでもあった。それをする意味はよく分からない。

伊武がいつものように部屋着に着替えさせてくれる。そのまま伊武の膝の上で軽い食事を始めた。この横抱きもお互いに慣れるための練習の一つだという。

「疲れているだろうから重いものはよくないな。しっかり眠れるように炭水化物とフルーツくらいにしておこう」

焼きたてのロールパンをちぎって口に入れてくれる。温かくほわほわしたパンは、表面がバターの風味で香ばしく、中身は甘味があって美味しかった。噛めば噛むほど小麦の味が増して何もつけないで食べても満足できる。

「美味しい」

思わず微笑んでしまう。

「伊武さんは食べないんですか？」

「俺はいい。それよりも先生に色んなものを食べさせたい。もう少し太らせたい」

「太りません」

「先生は小さいからな」

伊武が膝を揺らす。この膝乗せが惣太の体重チェックだということに本人は気づいていなかった。

「食べてももう大きくはならないです……。太らない体質は遺伝だし、うちの家族は全員、レゴブロックの人形みたいに顔も体もそっくりです」

「確かに。お兄さんもキリッとしたカワウソだったな。小さな頭に藍色の職人帽が似合っていた。カワウソファミリーか。可愛いな」

伊武は笑っている。

「可愛いのは構わないが、先生は全体的にほわっとしてて心許ない。加減がきかなくなって抱き潰してしまいそうだ」

急にリアルなことを言われて心臓が跳ねる。ベッドの上で裸の伊武にプレスされている所を想像してしまった。平べったくなった自分が伊武の下できゅーんと鳴いている。

「また、ドキドキしてるな」

「伊武さんが変なこと言うから……」

「伊武さんじゃない、征一郎さんだ。言ってくれ」

「嫌だ」

そう言うと下唇をむにっと摘まれた。

「ひよこの口が可愛いな」

「や、やめてくだひゃい」

「言うまで離さない」

言葉とは裏腹に伊武は優しい顔のまま笑っている。

「名前を呼んで」

「せ、せ、いちろさん」

「ん？　聞こえないな。もう一度」

「や、やっぱりいいです。伊武さんは伊武さんです」

「……仕方がないな。言わずにはいられなくなる場面まで取っておこう」

その場面を考えるのが怖かったがとりあえずの難関はやり過ごした。ホッとしていると唇の輪郭を辿るように指で撫でられた。

「俺が全部、先生に教える。だから先生はゆっくり焦らず上手になればいい」

「上手って……なんですか？」

「キスやセックスも含めて、こうやって人に愛されることを、だ」

「うっ……」

「先生は本当に下手くそだからな」

「下手くそって酷いです。慣れてないだけです。俺はホントは器用なんだ……」

惣太は林田に向かって童貞じゃないと叫んだが、童貞と言われて腹が立つのはそれが図星だからだ。結局、経験値のない惣太は伊武に翻弄されるだけで自分からは何もできなかった。行為に至っては未だに訳が分からないまま始まって、記憶がないまま終わっているような状態だった。

「はは、やっぱり先生は下手でいい。俺の溢れるほどの愛をただ受けていればいいんだ」

「…………」

「先生が知らないこと、俺が全部教えてやる。本物の愛と本物のセックス。セックスは愛の行為だ。先生は俺に愛されて、自分がどんな人間なのかを知るといい。そして、俺の愛にただ溺れていればいい」

「うっ……」

また今日もギリシャみが増している。

「自分が愛される価値のある人間だということを知って、本当の自分になればいい。……だが、そんな先生を誰にも見せたくないな。全ては俺だけのものだ」

ぎゅっと抱き締められて苦しい。そのまま頬をくっつけられて、すりすりされる。

「先生はどこもすべすべだな。ほっぺが先生の実家《みせ》の『すあま』みたいだ」

「俺を食べ物で例えるのやめて下さい」

「なんでそんなに可愛いんだ？　他にもたくさんのカワイイを俺に隠しているだろう？」

「し、知りませんからっ」

「そんな反応されると、ますますいじめたくなる」

「い、いじめ？」

「いや、なんでもない」

病理が深い。こじらせてるのはどっちの方だと思う。

伊武の行為はとにかく甘い。視線や態度や言葉の全てが甘さに満ちている。その甘さを武器にして惣太を攻めてくるのだ。甘さを逆手に取られている気さえする。

――それに溶かされて何もできない自分が恥ずかしい。俺だって……色々したいのに……。

甘やかして攻める、そんなことが可能なのだろうか。精神的にも肉体的にも猫のように隅々まで舐められて愛されてしまっている。伊武のそれは甘めのSというか甘S攻めだ。デロデロに甘やかしながら攻める変態病理だ。理解に苦しむ。もう自分が溶けてなくなりそうだ。

「ほら、口を開けて」

薄皮を剥かれたピンクグレープフルーツを唇の隙間に入れられた。ひんやりとした感触と張りつめたような果実の瑞々しさが粘膜に触れてドキリとする。そのまま迎え入れてみっしりとした粒に歯を立てると、爽やかな香りが口の中に広がった。

「綺麗に並んだ白い歯が可愛いな……」

「あっ……」

同時に伊武の指先が入ってくる。ゆっくりと歯を撫でられ、歯茎を触られて、舌の表面や裏側の筋を刺激される。上顎を撫でられた瞬間、背筋がゾクリとした。人間の口の中は神経が密集している場所だが、そこが性感帯であることを丁寧に教えられる。

「俺の指を舐めたり吸ったりできるか?」

舌の使い方を教えられる。指でちょんちょんと撫でられて、誘われるようにその根元に舌を絡ませる。同時に唇で扱くように太い指を吸った。

伊武の指は節が硬くて体温が高くて興奮する。吸っている指先を軽く動かされるだけで感じた。

「可愛いな……舐めながら一生懸命、俺の手を見てる」

「んっ……」

「先生、こっち向いて」

指を抜かれ、横向きに膝に乗せられている体勢から顎を取られた。直角で唇を重ねられる。

――あ……。

キスをされると思った瞬間、口の中にじわりと唾液が溜まった。

伊武の体を味わう準備を自分の体がしているのだと思うと恥ずかしい。けれど、そのこと自体に興奮し、緩く口を開くと舌を差し入れられて唾液を吸われた。

「んっ……」

深く合わさる。

伊武の唇に塞がれて逃げ場のなくなった口内を舌の先で蹂躙される。指で教えられた箇所を順に辿られ、熱い舌先で愛撫される。この角度でそうされると涙が滲むほど気持ちがよかった。口の端から唾液が垂れるのも構わず、伊武とのキスに夢中になる。

「はっ……んふっ……」

歯茎をぬるんと舐められ、歯列を丁寧に辿られて、舌をしっとりと絡まされる。お互いの粘膜を隙間なく合わせる背徳感で胸がいっぱいになる。

――気持ちいい……。

もう一つになってしまっている。

こんな場所であられもないほど深く交わって、この後どうすればいいんだろう。何をすればいいんだろう。気づいたら性器は痛いほどに張りつめて、もう射精しそうな状態になっている。

キスしただけなのに、恥ずかしい。

でも、たまらなく気持ちがいい。

自在に動く舌で強く優しく抽挿されて頭の後ろがぼうっとなった。

「先生も吸って。もっと俺を深く咥えて」

「んっ……それ、苦し……っ……」

伊武を喉の奥に突き込まれて苦しさを覚える。けれど、質量のある舌を吸っていると強い衝動に襲われた。

指や舌でこれだけ気持ちがいいんだ。だから、伊武を……伊武の太いペニスを口の中に入れられたらどうなってしまうんだろう。どれほど感じるんだろう。まだそれをしたことがない。張りつめた亀頭や開いた傘の縁で粘膜を擦られたりなんかしたら俺は……。

想像して自分の先端がひくんと震えた。

「んっ……もう……いきそう」

「キスだけで達くのか？　可愛いな、先生は」

伊武はそう言いながらも全てを掌握している。惣太のスウェットと下着を少しだけ下げて、ちょこんと勃起しているものにコンドームを被せてくれた。

「いいぞ」

促すようにねっとりと舌を出し入れされる。部屋着の裾から手を入れられて、そのまま乳首を摘まれた。きゅっと強くひねられて、痺れるような快感に声を上げる。

気持ちいい。

もう何も考えられない。頭がどうにかなってしまいそうだ。

――あ……もう……。

伊武の体にしがみつきながら限界まで我慢したが、すぐに射精が始まった。

「い、いく……」

自分の雄が上下に跳ねる。ポリウレタンの薄い皮膜に包まれた先端が白い体液で満たされていく。

――熱い。

体も性器も熱かった。

しばらくそこがぴくぴく跳ねたままだった。

恥ずかしい。けれど、嬉しい。伊武の優しさが嬉しかった。仕事終わりの疲れた体が癒されて、心まで深く満たされていく。愛されているのが分かってたまらなく幸せな気持ちになる。

――ああ、やっぱりこの人が好きだ。大好きだ……。

恥ずかしさで伊武の胸に顔を埋めると、頭の後ろを守るように優しく撫でられた。最後に、旋毛に一つキスを落とされる。

「これで今日もゆっくり眠れるだろう」

「ん」

「可愛いな。愛してる」

伊武は手早く処理を済ませると惣太を抱き上げて寝室まで運んでくれた。

目を覚ますと伊武がスマホで誰かと話しているのが聞こえた。しきりに「パパじゃないだろ」と呟いている。どうやら相手は小さな子どものようで、何度も同じことを言い聞かせるように話している。

「じゃあな。ちゃんと飯を食うんだぞ。……ん？　だから、親父に代われって。ああ、分かった。もういい。早く寝ろ」

言葉は乱暴だが声に愛情が乗っている。伊武がその相手を可愛がっているのが分かった。

「誰？」

通話を終えた伊武に話し掛ける。伊武は頭を掻きながらこちらを見た。

「甥っ子だよ、甥っ子。まだ四歳なんだ」

「へぇ、伊武さんって叔父さんなんだ」

「姉貴の子ども――双子なんだけどな」

「双子？」

「二卵性の双子で男と女なんだ。甥が悠仁《ゆうじん》で姪が茉莉《まり》って言うんだ」

「男女の双子かぁ。珍しいな」

「まあ、そうだな……」

「可愛い？　伊武さんに似てる？」

「それはどうかな」

伊武は何か言いたそうな顔をしたが、途中で話すのをやめた。

2. シャッターチャンスの甘い罠

翌日、午後の病棟業務のためナースステーションで点滴と投薬のオーダーチェックをしていると看護師たちから声を掛けられた。

「先生、どちらのシャンプーをお使いですか？　髪の毛さらっさらで、凄くいい匂いするんですけど」

「あー、私もそれ高良《たから》先生に訊きたかった。先生って激務にもかかわらず髪も肌も艶々でホント綺麗ですよね。なんかケアとかされてます？」

尋ねられて言葉に詰まった。シャンプーや石鹸は伊武が外国から取り寄せたものを使っている。全部片仮名の商品で値段もブランド名もよく分からない。伊武によると「先生の体はどこも敏感だから安価な化粧品はよくない」と、何やらヤクザの裏技を使って特別なものを特別な所から入手しているようだった。

気づけばいい匂いのするクリームを全身にすり込まれ、髪や肘や踵まで入念にケアされて、爪にまで刷毛で変な液体を塗られる始末だ。そのうち食べられるんじゃないかと思う。

「とにかく保湿に気をつけてケアをしてる」

「保湿ですか？　ああー、やっぱり大事ですよね」

若いナースが両手で頬を押さえながらうんうんと頷いている。その隣にいた主任看護師がニヤニヤし始めた。

「でも、やっぱり好きな人に愛されるって大事ですよね。愛は天然のローション、高良先生は伊武さんに愛されてますもんね」

「へ？」

「今日もＬＩＮＥ来てますよ。高良先生は元気かって」

——今日も来てる？　なんのことだろう。

惣太は主任看護師である飯沼からスマホの画面を見せられた。しかもグループＬＩＮＥだ。

グループ名、チームドラゴンって……殺すぞ。

「これって伊武さんに訊いた方が早いですか？　私も同じシャンプー使いたいな」

「あ、じゃあ私が訊いてみる。サンプルとかあったらくれないかなぁ」

「ねー」

「トリートメントも訊いておくね」

二人は喋りながら片手でスマホを弄り始めた。

——全く。対人スキルモンスターめ。

そのコミュニケーション能力を他で使えと心の中で罵り倒す。これじゃあ伊武のタブレットと病棟のパソコンが同期しているというのが冗談じゃなくなる。病棟看護師チームと同期するとはどういうことだ。恐ろしい。ＣＩＡ情報本部《外科病棟》の副長官《主任看護師》から逃げられるわけがない。

ナースステーションの端っこで溜息をついていると突然、後ろから声を掛けられた。振り返ると整形外科教室の准教授で、入り口の陰からちょんちょんと手招きされた。

「高良先生、時間ある？」

「はい……」

教授室に呼ばれるのは怒られる時か褒められる時のどちらかだ。日々の業務は順調にこなしているが、臨床研究の論文で特別な結果を残したわけでもなく、特に褒められる気配はない。惣太のテンションは一気に下がった。

もしかして、と思う。

患者に手を出したのがバレたのだろうか。

医師の中には林田のように惣太が抱いたと勘違いしている者もいる。何より相手は患者で男でヤクザだ。病院の中庭で数人のヤクザから脅された例の事件も特にお咎めはなかったが、いいことでないのは確かだ。伊武《いぶ》と親しくしている所を誰かに見られたのかもしれない。

冷や汗をかきながら俯いていると、教授室と続きになっているセミナー室に促された。

柏洋大学医学部付属病院では教授、准教授クラスはそれぞれ個室と秘書を持っている。教授室と研究室、医局は纏めて一棟で独立しており、その全ては研究棟にある。医局は役職のないドクターが集まる大所帯だ。

「高良先生はそこへ」

促されてパイプ椅子に座る。デジタル対応のホワイトボードとテーブルとパイプ椅子だけがあるシンプルな空間だ。

緊張しながら構えている惣太に返ってきた答えは意外なものだった。

「先生を整形外科教室の若手ドクターとして推したい。高良先生は見た目も物腰も柔らかで、うちの整形外科のイメージを変えてくれる存在だ。それでなんだが――」

准教授が出してきたのは大手出版社が年に一度発行している雑誌〝ドクターズファイル・頼れる白衣シリーズ〟だった。医療関係者が勉強のために読む学会誌や論文ではなく、一般のユーザーが読む雑誌――よく言えば病院の人気ランキング雑誌、悪く言えば美男美女のドクターをピックアップしたグラビア雑誌だった。

「え？　俺がこれに出るんですか？」

「不服なのか？　先生はうちの科でも特に女性や子どもから人気がある。ぴったりじゃないか。他に適任の若手ドクターがいるか？」

「はあ……」

「先方にはもう話をつけてある。来週から早速、撮影に入ってほしい」

「撮影って……」

「プロのカメラマンとスタッフが数名、君につくそうだ。とにかく、笑顔でいい写真をいっぱい撮ってもらえ。大学病院の、そしてうちの科のイメージをいいものに変えるんだ。頼んだぞ。間違っても総合内科や一般外科《パンゲ》の奴らに表紙を取られるな。循環器系の奴らは態度がでかい上に、カンファレンスではいつも上から目線だ。なんなんだ、あいつらは。去年は神経質そうな眼鏡の心臓血管外科医に表紙を取られて本当に悔しかった」

准教授は両手の拳にぐっと力を入れて、悔しそうに唇を噛み締めた。それほどのことだろうか。

柏洋《はくよう》大学医学部付属病院では一般外科が第一と第二に別れている。第一が花形の消化器外科と呼吸器外科・乳腺外科で、第二が脳神経外科と心臓血管外科に別れている。それぞれ別の外科教室を持っているが、外科ヒエラルキーでは第一外科の主任教授がそのトップになる。

確かに年に数回行われる外科の総合カンファレンスでは、一般外科に比べて整形外科や泌尿器科は座席が後ろの方だが、それがそんなに気に入らないのだろうか。

「高良先生は可愛い。我が整形外科教室のエンジェルとして頑張ってくれ。頼んだぞ」

「え、エンジェル……」

「ようやく奴らの鼻を明かす日が来たんだ。精一杯やってくれ」

准教授は惣太の肩を叩くと大きく頷いて部屋を出た。


惣太が〝ドクターズファイル・頼れる白衣シリーズ〟の取材を受けるという噂はあっという間に広がった。廊下を歩いているだけで技師や看護師、他科のドクターからも声を掛けられる。ほどなくしてカメラやライトやレフ版を持ったロケ班に追い掛け回される日々が始まった。

「あー、高良先生、もう少し笑顔で……そう、そうです。歯を見せて笑って下さい」

診察室で椅子に座っている所を撮影される。慣れない行為に思わず頬が引き攣ってしまう。それでもカメラマンは怯むことなく次々とシャッターを切った。

「もう少し背筋を伸ばしましょうか。手は自然な感じで……ああ、そうです。……いいですね。では、立ってみましょうか」

立ち上がって数枚、また別の場所で数枚。本当に疲れる。頑張って期待に応えようとするが、体が思うように動かない。カメラマンが出す細かい指示に、自分が対応できているのかどうかも分からない。

撮影は診察風景だけでなく、オペ室や医局、病棟での様子など多岐にわたる予定だ。げんなりしていると一度、気分を変えて外に出ましょうと中庭に出された。

ドクターシューズのまま中庭に出ると先客が撮影を行っていた。第一外科のチームでスクラブ姿の男たちが数名立っている。オペモンスターの玉川と例の研修医もいた。玉川は長めのドクターコートをマントのように翻しては、ドヤ顔でモデル立ちするという行為を繰り返している。バサッバサッと派手な音が聞こえた。確かに長身でカッコいいのだが、どこか残念な雰囲気が否めない。

――変わった男だな。

ハロウィンでドクターコスを楽しんでいるヤクザの若頭にしか見えない。

そういえば立ち姿が少し伊武に似ているなと思った。よく見れば戦闘能力の高そうな色男だ。

強い風が吹く。薄いスクラブの生地が風に煽られて研修医の白い腹が見えた。玉川が慌ててそれを隠す。よく見ていると玉川の行動がおかしいことに気づいた。研修医が撮影されるたびに自分が前に出てその体を隠すような仕草をしている。まるで姫を守る騎士のようだ。反対に研修医はいつものポーカーフェイスを決めながら、玉川の服の裾や髪を陰でこっそり直したりしている。

ラブラブかよ。

周囲の医師もそれを気にする様子はなかった。第一外科はチーム医療を推しているのか数名で撮影をしていた。惣太はなんとなく寂しい気持ちになった。

――一人で表紙を狙えって言われてもなあ。

青い芝生の上で決めポーズを作らされ、四苦八苦しながら頑張っていると棟の向こうから長身の男が近づいてくるのが見えた。

研究棟と外来棟の間……スリーピースのスーツ姿、伊武だ！

なぜここにいるのかも分からないが、心臓がドキドキして全身の毛穴がぶわっと開いた。体が自然と前のめりになる。

「ああ、高良先生、その笑顔最高ですね。こっち、こっちを見て下さい！」

「いいです、いい表情です！」

「レフ、そっちに回れ！　顔にしっかり当てろ！　いいぞ、いい表情だ」

「伊武さん！」

「先生！」

二人の距離が徐々に縮まる。

笑顔の伊武と目が合った。

ああ、好きだ。大好きだと思う。

スローモーションの幻想の中、近づいて抱きつこうとした所で、誰かから首根っこをつかまれた。

足が地面から数センチ浮く。首がぐっと締まった。

「うえっ?」

「おまえ、ここ職場だぞ。それと雑誌の種類考えろよ」

「へ?」

半身だけ振り返ると林田が鬼の形相をしていた。恐ろしい。見た目がほぼ野性のゴリラだ。ちょっと覗きに来たらもうこれだと林田は鼻息を荒くしている。

惣太はハッと我に返って周囲にカメラマンを探した。一眼レフを抱えた男はまだシャッターを切っていた。

「先生、今の画《え》、最高によかったですよ。自然な笑顔、満面の笑み……フォトジェニックな顔を作るのに慣れたモデルには出せない最高の表情でした。これはいい。最高だ!」

カメラマンは満足そうな様子で頷いた。周囲にいるスタッフも皆、笑顔で手を叩いている。これでよかったのだろうか。惣太は肩の荷が下りた気がした。

伊武は脚のリハビリのために訪れたと言っていたがすぐに嘘だと分かった。CIAの情報部――チームドラゴンから連絡が入ってすっ飛んで来たのだろう。その日のロッカールームの撮影ではスクラブを脱いで上半身裸のショットを撮る予定だったが、伊武がロケ班に威圧感を与えて半裸の撮影を阻止させた。

先生の裸を写そうなんてカメラマンの風上にも置けない、とんだ扇情カメラマンだと凄み、優しさが濃いなと思った。先生の乳首は和菓子の葛桜のように透明感があって美しく、それを愛でることができるのは世界でただ一人、俺だけだと力説していた。

くだらないし、どうでもいい。

そもそも、口にしてしまったら惣太の乳首がどんなのか周囲にバレてしまうのではないか。

伊武が優しいのか天然なのか、よく分からなくなった。


「あの日、半裸の撮影があることをどうやって知ったんですか?」

伊武の部屋で気になっていたことを訊いてみた。今日は泊まっていけと言われて、お揃いのパジャマ姿でベッドの上に寝転がっている。まだそれほど眠くなくて、伊武と話をしたい気分だった。

「たまたまだ。前もって知っていたわけではない」

「本当に?」

「本当だ」

伊武は冷静な顔をしている。ただ、頬がピクッと動いた気がした。

「チームドラゴンから情報を入手したんじゃないですか?」

「チームドラゴン……漫画か何かか?」

「それ知ってるならやめて下さいよ。全方向的にまずいじゃないですか。もっと他の――」

「では、タイガー&ドラゴンにしようか?」

「いや、それはそれで――」

「先生は真面目だな」

伊武は楽しそうな顔で笑っている。

「ネズミーシーに行った時も思ったが、子どもの頃からそうだったのか？」

言葉に詰まる。確かにそういう部分があるのかもしれない。

「子どもの頃から合理的なことが好きでした。壊れたものを直すのが得意で、壊しては直すのを繰り返していました。それもあって整形外科医になったんです。結果を待つことが必要な内科医や精神科医は俺には向いてない。だって、壊れたものを速いスピードと少ない手数で直すのって気持ちいいじゃないですか。どれだけ無駄を省くことができるか、スマートにやれるか、それを考えるのが楽しい」

「なるほどな」

「だから子どもの頃は、工作が好きで絵本の時間が嫌いでした」

「絵本の時間？　なぜだ？」

「どれもこれも、非合理的で……」

伊武は分からないという顔をしている。

「たとえば『大きなかぶ』。あんなに大きなかぶを抜いて、なんになるんですかね」

惣太が苦々しく洩らすと、伊武は軽く吹き出した。

「そもそも邪魔だし、抜いたら抜いたで処理しなきゃいけないし、置く場所にも困る。食べるといっても、あんな大きなかぶに包丁を入れるだけでも大変だし、専用の工具が必要ですよね。頑張って切っても、凄く不味そうだし。漬物にでもするんですかね。でも、そんなに食べきれないし、そもそもロシアの民は漬物なんか食べないし」

「抜いた後のことは考えたことがなかったな」

「そうですか？」

「抜くまでが『大きなかぶ』だからな。あれは、とてつもなく大きなかぶを抜くという達成感と、人海戦術という〝力技〟の素晴らしさを説いたものだと思うが。ヤクザの組と同じで何事も〝数は力〟だからな」

「うーん。それでも人員を追加するならより強い生物を追加するべきだし、周りを掘るというソリューションをなぜ思いつかなかったのかなぁと」

「嫌なガキだな」

伊武の呟きは惣太の耳には入らなかった。

「どうせ人の役に立つのなら、効率よく効果的に役立ちたいです」

医学とは得た知識と技術をよりよい形で患者に還元する学問だ。いつどんな時でも、自分の手技を一番いい形で患者に還元したい。そのための努力は惜しまない。

惣太の思いはこの後、思わぬ形で役に立つことになる。

「知ってはいたが、先生には並々ならぬ信念があるな」

「そうですか？」

「俺もかぶを抜くのに苦労したな……いや、株か」

「……なんの話ですか」

「いや、いいんだ。こっちの話だ」

俯せで並んでいた体が半分だけ背中に乗ってくる。肩に腕を回されて、触れている所が瞬時に熱を持った。男らしい匂いが鼻孔をくすぐる。

――あ……伊武さんの体だ……。

こんな小さなことで、どうしてこんなにもドキドキしてしまうんだろう。

伊武といると心臓が自分のものでなくなる。

黙ったまま下を向いていると、もう赤くなっていると笑われた。

「なんだ、難しい話をしておいて、早速パプリカちゃんか」

「違います。からかわないで下さい」

「からかってるんじゃない。可愛がってるんだ」

「うっ……」

「こんなに可愛い生き物を可愛がらないでどうする」

伊武はそう言いながら自分の胸の中に惣太を抱き入れた。伊武の両腕に背中を包まれ、脚を引き寄せられて、その体の中にすっぽりと収まる。お互いの鼓動が重なる距離に愛おしさが募る。

「今日は先生を抱っこして寝よう」

伊武の体温と汗の匂いを感じた。興奮と緊張の中に甘い安堵の雰囲気が広がる。

ずっとこうしていたいと思うほど幸せな気持ちになった。

――溺れればいい。

そうなのかもしれない。

もう溺れてしまいそうだ。

いや、溺れている。

ただこの所、幸せと同時に、言葉にはできないもどかしさを感じるようになっていた。

伊武のことが好きで好きでしょうがない。けれど、それを上手にアウトプットできない。言葉でも体でも上手く伝えられない。伝える方法が分からない。そんな自分が歯痒くて仕方がない。インプットばかりが増えてしまって、もう胸がパーンと弾けてしまいそうだ。そもそも自分の中身と外見が合致していない。これだけ好きなのに、伊武から見たらそう見えないのではと心配になる。

対等でいたい。同じ質量で愛し合いたい。それなのに伊武からはもらってばかりだ。伊武の愛に埋まって自分が見えなくなっている。

本当にこんなことでいいのだろうか。伊武は満足しているのだろうか。

自分も伊武を愛したい。もっとたくさん。そして、もっと上手に。

色々、下手くそだし……と、ぐるぐる反省する。

童貞スタートだったとしても色々、至らない部分が多すぎる気がする。学びたいし、上手くなりたい。伊武は下手でいいと言うけれど……。

惣太は無意識のうちに伊武のものに手を伸ばしていた。

「こら」

「………」

「寝た子を起こすと自分が苦労するぞ。明日は朝からオペだろ?」

「寝た子はもう起きてる」

「これが普通だ」

「嘘だ」

「先生の前ではな」

惣太は吹き出した。

「だが、それでいい。先生に握られているだけで愛を感じる」

「え?」

「今日はそうやって握ったまま寝てくれ」

その顔を見上げると微笑まれて額に口づけられた。

伊武が自分を欲しがって硬くなっている。嘘のない反応が嬉しい。これは愛の証だと思う。同時に、このままでいいという愛の深さに胸がきゅっと締めつけられる。

——おやすみ、先生。

——愛してる。

伊武の愛に包まれて眠る。それは何ものにも代えがたい幸せだった。

3. すれ違う恋心

朝の回診の準備のために病棟に向かうと、ナースステーションがざわついていた。看護師や研修医が部屋の中央に集まって何やら声を上げている。

「ちょっと、見ました？　例の表紙！」

「やりましたね。整形外科《オルト》のドクターが表紙って初めてじゃないですか？　トップはいっつも脳外か循環系ですもんね」

「やっぱり脳外科医や心臓血管外科医は素人目にはカッコいいですからね〜。でも、嬉しいです。高良先生、滅茶苦茶可愛いです」

「ねー」

「もう人間じゃないです」

人間じゃない？　なんの話だろう。

テーブルの上を見ると大手出版社が年に一度発行している雑誌〝ドクターズファイル・頼れる白衣シリーズ〟の文字が見えた。自分も知らなかったが、なんと惣太が表紙になっている。驚きすぎて声も出ない。

Ａ４サイズの表紙に満面の笑みの自分がいた。病院の中庭で太陽の光を燦々と浴びて輝いている。

――これは、あの時の……。

研究棟と外来棟の間から伊武の姿が見えて駆け寄ろうとした時の顔だった。

「あれ、高良先生、いらっしゃったんですか？　おはようございます」

「あ……おはよう」

「見て下さいよ、これ。表紙ですよ、表紙！」

「あ、ああ」

看護師や研修医に囲まれる。惣太の周囲があっという間に人だかりになった。

「この高良先生、ホントに可愛いです。マシュマロみたいなふわふわの笑顔ですね。カワウソっぽさは残ったままですけど」

主任看護師の飯沼はうふふと笑っている。

「これせっかくなんで、うちの科でも百冊単位で購入して皆に配りましょうよ」

「あ、それいいですね。入院している患者さんはもちろん、整形外科に出入りしている業者さんやスタッフの家族にも配りましょう。先生、いいですよね？」

新人看護師からも声を掛けられる。

「あ、ああ」

皆のテンションが異様に上がっていて驚いた。それほどのことだろうか。

「これ絶対に他の取材とか来ますよ。去年、表紙だった心臓血管外科のドクターはテレビに出てましたよね」

「銀縁眼鏡の桐ヶ谷先生ですか？」

「そうそう。『腕利きドクターの診療所』でしたっけ？　あれ、ギャラがいいらしいですよ。それっぽいことを喋るだけで研修医二ヶ月分の給料がもらえるとか」

「へぇ、やっぱりテレビって凄いんですね」

上級医からも声を掛けられる。

「高良先生、やりましたね。これでうちの科の来院数も増えるんじゃないですか。先生のオペの実績も上げられますよ。去年全国三位だった股関節大腿近位骨折・人工骨頭挿入術は、今年一位を狙えそうですね」

「そ、そうでしょうか……は、はは。ありがとうございます。皆さんのおかげです」

惣太は曖昧な笑顔で対応した。

とにかく、よかった。人の輪の陰でこっそり安堵の溜息をつく。

准教授に頼まれた表紙を無事に全うできたことで、自分の肩の荷は下りた。これでようやく、重い責務から解放される。本当に疲れた。

――予想以上に大変だったな。伊武さんまで出てくるし……。

自分には向いてない仕事だった。できることならもうやりたくない。

そう思っているのは惣太だけで、この出来事がある事件の幕開けになるとは、その時は思ってもみなかった。

週末、伊武の部屋を訪れるとダイニングテーブルの上に例の雑誌が置いてあった。土曜の午後の光が、惣太の笑顔をスポットライトのように照らしていた。

「……ドクターズファイル……頼れるドクター……表紙……先生が表紙……笑顔……満面の笑み」

「え?」

「俺の……俺の先生が表紙……これが……全国……いや全世界に……」

伊武はぶつぶつ呟きながらダイニングテーブルの前で仁王立ちしている。機嫌がすこぶる悪い。低い声が呪詛のように聞こえる。よく見ると眉間の皺からヤクザのエッセンスが滲み出ていた。

「あ、あの、気にしないで下さい。……こ、こんなの、誰も読みませんから。はは」

「これはエロ本か?」

「ち、違います」

「どうしてこんなにも中に着ている青い服がはだけている? 上からあおりすぎて、もう乳首が見えそうだ」

「見えそうかもしれませんが、見えてないです」

「裾もはだけて……隙間からエロスがはみ出している。これでは頼れるドクターではなく、どすけベドクターだ。全く、破廉恥極まりない」

はれんち……ハレンチ……破廉恥?

久しぶりに聞く単語に漢字の変換まで時間が掛かった。

「何部だ?」

「へ？」

「この雑誌は何部発行されている？」

「それは――」

睨まれて心臓が止まる。あの株の買収劇のように、裏から手を回して全部買い占めるつもりだろうか。それではホワイトナイトではなく、ただのダークナイトになってしまう。

「この笑顔は先生が俺に向けてくれたものだ。俺だけのものだ。それをこんな形で――」

「でも、誰も見ないし……」

「非常に遺憾だ」

ヤクザに遺憾の意を表明されてしまった。どうすればいいのか分からない。

「それに危険だ。今は個人情報の取り扱いには注意が必要な時代だ。これでは先生がどこの病院で働いているか全国にバレてしまう。……いや、全世界にだ」

「そういう本です」

「この笑顔を見た変態が先生に会いに来るかもしれない。危険すぎる」

「考えすぎです」

「……せっかく裏の情報を使って止めに入ったのにな」

伊武がぼそっと呟いた。

「何か言いました？」

「いや」

しばらくすると伊武は黙り込んでしまった。額に手を当てたまま石像のように動かない。その頬に暗い影が差した。

こういう時は何を言えばいいのだろう。言葉が一つも思い浮かばなかった。

惣太は時間を見て、伊武の部下である松岡をこっそり駅前のコーヒーショップに呼び出した。これまでのことや雑誌のこと、今自分が抱えている悩みを相談できるのは松岡しかいないと思ったからだ。

松岡はコーヒーショップに着くなり、「若頭はこの件をご存知なのですか?」と尋ねてきた。やはり、自分の勝手な判断で呼び出したのは間違いだったのだろうか。

「折り入って松岡さんに相談があって来て頂きました。伊武さんはこのことを知りません」

「そうですか」

松岡は軽く右手を挙げて店員を呼んだ。コーヒーと鴨肉のローストサンドを注文する。気になった惣太は同じものを頼んだ。

「私でお答えできることでしたら、ご相談には乗れますが」

「本当ですか? ありがとうございます。凄く嬉しいです」

松岡の答えに惣太は安心した。

「伊武さんのことなんですけど……」

「そうでしょうね」

「はい。実は色々と悩んでいて」

何から話そうかと考える。聞きたいこと、教えてほしいことがありすぎて、何を訊けばいいのか分からない。

「伊武さんの愛が時々、重くて……。会話のキャッチボールってあるじゃないですか？　それでこう、愛もキャッチボールするんですけど、時々、伊武さんはボールじゃなくて砲丸を投げてくるんです。それが重くてどう対応すればいいのか分からないんです。受け止めきれないというか……」

「これはメタファーですか？」

「え？」

「先生のお話の内容ですと何かの隠喩のように聞こえますが、違いますか？」

「時々、ずしってなるんです」

「ずし」

「そうです」

松岡は軽く俯いて中指を額に当てる仕草をした。すらりとした指先が美しい。眼鏡の奥の瞳は何かを考え込んでいるように見えた。

「分かりますか？」

「……ま、まあ、大丈夫ではないでしょうか？　私はそのようなキャッチボールをしたことがありませんが、やり取りができているなら、それで構わないと思いますよ」

「そうですか」

「これは私の考えですが、感性が似ている、あるいは共鳴するということは夫婦生活において非常に重要なことだと思います。お二人は真逆のようで似ている所がおありなので特に問題ないかと」

「似てる……」

「非常に申しあげにくいですが……アホの方向性が同じかと」

脳内でアホと書かれた矢印が重なっている姿が見えた。そんな局地的な所だけ似てどうすると自分に突っ込む。

「昨日も雑誌のことで、凄く気まずくなってしまって……」

「例の先生が表紙になられた件ですか?」

「そうです。表紙が予想以上にエロティックで猥褻だと、伊武さんは眉間に皺を寄せていました。そのせいで裏から手を回して雑誌を買い占めようとしたり、俺の個人情報を心配したり……。多分、怒ってるんだと思います。伊武さんに相談なしにやってしまったことを。その上、俺の判断が甘く、浅はかで、それがまた伊武さんの不興を買う一因になってしまったのかと」

どうしたのだろう。松岡の肩が小刻みに上下し始めた。手で口元を押さえている。

「一つ、いい方法をお教えしましょう」

「はい」

「次、若頭とお会いになった時、笑顔で『征一郎が一番好きだよ』と言ってみて下さい。その後、若頭の腰に抱きついて顔を胸に埋め、少し小さな声で『好き……』と余韻を持たせて言って下さい。おできになりますか?」

「できません」

「そうでしょうね」

松岡はふっと小さな溜息をついた。

「俺、下手なんです」

「下手とは？」

「伊武さんにも下手くそだと呆れられました。そのうち愛想を尽かされるかもしれません」

自分で言っておいてテンションが下がる。伊武に嫌われたりなんかしたら、もうどうしていいのか分からない。

「俺に教えてくれませんか？」

「何をです」

「さっきの抱きつくのもそうですけど、色々、上手にできるように松岡さんが俺に教えてくれませんか？」

「もし私が先生にそのようなことをしたら、私はヒットマンに消されることになりますが、高良先生はそれをお望みなのでしょうか？」

「意味が分かりません」

「私は自身の命が大切ですので、そのようなことはして差し上げられませんし、決して致しません。申し訳ありませんが、若頭と話し合ってお二人でなさって下さいね」

松岡はトランプを返すようにあっさりと笑顔になった。どこか作り物じみた笑顔だった。

そうか。やはり、人から教わるのは無理なんだな。ここは映画や本で勉強するしかないか。

「俺は伊武さんのなんですか？」

「ご伴侶でしょう」

「伴侶って要は半身ってことですよね。それなのに、俺と伊武さんは全然対等じゃないんです。俺ばかりが愛されて、俺ばかりがもらっている。それを頑張って対等にしたいんです。同じ質量で愛し合いたい。俺ももらったものをきちんと返したい」

「同じにする必要がありますか？」

「それが恋愛だと俺は思ってるんですが……」

「若頭は先生を心から愛しています。自ら率先して愛したい人です。それをご理解されて、若頭の愛を素直にお受けになってみては？」

「無尽蔵に湧き出す温泉のように享受してもいいんでしょうか？」

「構わないのでは？　二十四時間源泉掛け流しの愛、素敵じゃないですか」

「掛け流しというよりは垂れ流しなんですけど」

「まあ、そうかもしれませんね……」

「……あの、松岡さん？」

松岡が急に遠い目をする。眼鏡の奥の黒目が小さくなったような気がした。

「…………」

「どうかされましたか？」

「いえ……。そろそろ出ましょうか」

松岡が「もう限界です」という顔をしているのに、惣太は微塵も気づかなかった。

惣太は松岡と別れた後、駅前にある本屋に向かった。

恋愛指南の本や最近売れている恋愛小説を幾つか手に取ってみた。勉強は得意だ。これでこっそり恋愛の勉強をしよう。レジで会計を済ませ、紙袋片手にニコニコしていると後ろから声を掛けられた。気になって振り返ると背の高いマッチョの男が笑顔で立っているのが見えた。

「高良！」

声と表情で分かった。犬塚だ。

「久しぶりだな、高良。何年ぶりだ？」

犬塚は惣太の医学部時代の同級生だ。卒業してからほとんど会っていない。

犬塚は都内にある個人病院・犬塚マタニティクリニックの御曹司で、柏洋大学を卒業した後は市中病院で研修を終え、実家であるクリニックで産婦人科医をしていた。

「おまえの病院、儲かってるんだってな。噂で聞いたぞ。病院食はフレンチで分娩室ではクラシック流してるとか。産着は一流ブランドか？」

「からかうなよ。そうでなくても産婦人科医《ギネ》は二十四時間休みなしの激務なんだからさ。儲かってるのは事実だが、このままだと三十代でビルが建ち、四十代で墓が立つぞ」

犬塚らしい冗談に惣太は吹き出した。一気にあの頃に引き戻される。

「おまえはまだ大学病院《あそこ》にいるのか？」

「ああ。俺は犬塚みたいに親が開業医じゃないし、パラシュート開業する金もコネもないしな」

「実力はあんだろ。見たぞ。なんとかっていう雑誌」

「あんなの意味ないし」

「銀行に金借りて開業すればどうだ？　整形外科ならばあさんに電気流すだけで儲かるだろ？」

「ばあさんに電気って……おまえ、ふざけるなよ。俺は先進医療をやりたいんだ」

「ホントか？　胡散臭いな。医者なんて儲けてなんぼだぞ。おまえ可愛いんだから、ちょっと身なりを整えて笑顔でメディアにでも出て、名前売ってから開業したら似たようなばあさんがわんさか湧いて出てくるぞ。茶菓子でも出して、サロンでも作って、健康な年寄りから合法的に年金巻き上げろよ。年寄りのニーズに応えれば地域の憩いの場としてかなり儲かるぞ。何も悪いことじゃない。皆が幸せになる、ウィンウィンの地域医療だ」

「はあ……やっぱり、おまえは商才だけは一流だな……」

「医療は経営学でもある。患者のニーズを突き詰めれば、幾らでも儲ける余地はあるぞ」

　確かに犬塚の身なりは同年代の医師よりよかった。スーツはもちろん、高そうな腕時計をしている。けれど、惣太は全くと言っていいほど興味がなかった。

「せっかくだから、これ、渡しておくな。うちの病院では母親学級とは別に健康体操や医療系のセミナーもやってるんだ。いい機会だ。近いうちに、おまえを講師として召致するかもしれん」

　犬塚は名刺と犬塚印の安産ストラップをくれた。

「安産ストラップって……」

「彼女にでもあげろよ。これ本当に安産になるってプレミアついて、ネットで高値で取引されてるんだぞ」

「ったく、どこまで儲けるんだ」

「はは。またな、高良。近いうちに飲みに行こうぜ」

犬塚はそう言うと惣太の肩を叩き、颯爽とその場を去った。

惣太は安産ストラップを眺めながら医者の人生の分岐点も色々だなと思った。


惣太はその夜からプライベートの隙間時間を利用して恋愛の勉強を始めた。指南書にはマーカーを引き、大事なページには付箋を挟んだ。恋愛小説も幾つか読んでみたが、体が入れ替わったり、異世界へ飛んだり、記憶を失ったりしないと恋愛が成立せず、これを参考にするのは無理だなと諦めた。

ずっと気になっていた愛の行為のスキルアップも図ろうと、こっそりアダルトDVDを購入してみた。感情移入しやすいように男性同士の愛を描いたもので、抱く立場の人が極道の作品をいくつか選んでみた。その後も何本か、伊武に背格好が似ている役者のものを購入した。不思議なものでそのDVDを観ても全く興奮しなかった。惣太は手術手技のVTRを観るのと同じ感覚でアダルトDVDを鑑賞した。

「なるほどな……あんなふうに手を動かすのか」

ＤＶＤを一時停止して、腕の角度や指の位置を確認する。

オペの上達と同じで、新しい技術や手技を学ぶには、その業界で一流と呼ばれている人の真似をすることが一番の近道だ。どんなふうに手を使い、どんなリズムで体を動かしているのか。それを見て同じ動きをしてみる。

「これは……やはり、結紮《けっさつ》の練習をするのと同じでトレーニングキットが必要だな。どうしようか」

惣太は医学部時代、外科の基本的な手技の一つである結紮——血管などを縫合糸で結ぶ技術——を練習するためにキットを購入して必死で闇練した。その成果もあってか、今では一分間に六十回以上の糸結びができる。外科医の中でもトップレベルのスピードだった。

「上達には座学だけでなく実技が必要だ。これは、実物を購入して練習するしかないか……」

惣太はパソコンを開き、伊武の形によく似た大人のオブジェを一つ購入した。

惣太は届いたオブジェを片手に、フェラリスト高橋とテコキニスタ純也が出演しているＤＶＤを繰り返し再生した。やはり一流の技は素晴らしいなと感嘆の溜息を洩らしながら、同じ動きをしてみた。

4．愛と天然のブースター

「先生の部屋に来るのは初めてだな」

「何もないですけど、どうぞ」

伊武は小さな紙袋片手に惣太の部屋を訪れていた。

惣太の部屋はタワーマンションの三階にあるごく普通の２ＬＤＫで、玄関を入って右側に狭い部屋があり、廊下を挟んでバスルームとトイレがあった。ドアを抜けた左手にキッチンとダイニングが併設されており、その右側にリビングが広がっている。リビングの奥に形だけの小さな和室があった。

「凄く久しぶりな気がするな……」

伊武が溜息まじりに呟いた。紙袋をテーブルに置くのも待たずに抱き締められる。

「先生……」

少し掠れ気味の声が自分の耳元で響いた。腕の締めつけがさらに強くなり、背中の後ろで袋がガサッと音を立てる。

「先生を抱きたい」

「え？」

「すまない。今日は我慢できない」

伊武は先生が生活している部屋だと思うと興奮すると続けた。確かに会うのは久しぶりで、抱かれるのはもっと久しぶりな気がした。

でも――

惣太の部屋に興奮するというのは多分、嘘だ。その声や吐息や鼓動から、伊武が切実に自分を求めているのが分かった。こんなふうに求められるのは嬉しい。伊武の愛を感じる。それはたまらなく嬉しかったが……どうしても緊張してしまう。

「リビングのソファーか、それともベッドで？　あの和室でもいいか？」

優しく腰を抱かれながら訊かれる。どの場所でも恥ずかしく、上手く答えられない。視線が泳ぐ。あれだけ勉強したのに、実際に伊武を前にしてみると結局、何もできないままだった。

「先生、可愛い……」

首の後ろを引き寄せられて口づけられる。上唇と下唇を甘く交互に吸われた後、硬く尖った舌が粘膜の隙間を割るように勢いよく入ってきた。

――あ……。

ずぶりと口内を犯される感覚に背筋がぞくぞくした。伊武の男らしい匂いと味が舌の上で広がって一気に体温が上がる。セックスの予感というよりは、そのもののようなキスに翻弄されて、体の中心がズキリと痛んだ。

また、キスだけで興奮している。

伊武にキスされると、それだけで立っていられなくなる。腰に力が入らなくなる。そのままキスを続けるなら、支えてもらうか床に腰を下ろすかの二択しかなくなってしまう。

「……先にシャワー浴びたい」

「駄目だ。今日はこのまま抱く」

有無を言わさぬ雰囲気に押される。唇を重ねたまま抱き上げられて、リビングにあるソファーの上に優しく置かれた。

舌を絡まされながら、シャツをボトムから引き出され、その裾から手を入れられる。迷いのない手が惣太の尖りを摘む。

「あっ……」

恥ずかしい。ただ、恥ずかしい。

自分も伊武を気持ちよくしたいのに、何もできない。

あっという間に追い込まれて喘がされ、伊武の行為にただ悶えることしかできない。伊武の長い指に乳首を引っ張られ、じわじわと潰すように捏ねられて早くも理性が飛んでしまう。

「あっ……伊武さん……待って」

素早くベルトを外されてボトムと下着を脱がされ、萌しているものをつかまれた。惣太の脚の間に入った伊武がそれを待ちきれないとでもいうように大胆に口に含む。

「やっ……待って、シャワー……っ、あ、それ――」

「膝の裏を自分で持って」

手で膝裏を持たされて脚をM字の形に開かされる。泣きそうなほどの羞恥に襲われて、首を振るものの伊武に押さえつけられてその体勢になってしまった。

――あ……熱い。

体温の高い伊武の口の中は震えがくるほど気持ちがいい。先端を軽く含まれただけで腰がずくんと痺れた。そのまま亀頭を吸われ、裏筋を舌でくすぐられ、喉奥まで飲み込まれる。

「も……恥ずかしい……からっ」

唇で扱かれながら双球を揉まれて変な声が洩れる。膝を持っている手にもじっとりと汗をかいた。幹の根元から敏感な先端までねっとりと吸われる。スピードや圧を場所によって自在に変える吸引はほとんど責苦だ。感じすぎて体が言うことを聞かない。頭が変になる。

「やっ……それ、いや……ん、あうっ……」

伊武に自分の精液を飲まれるのは恥ずかしい。それだけはなんとか回避しようと我慢してみるものの、あっという間に限界が近づく。伊武の口淫はフェラリスト高橋よりもずっと上手だった。

――もう駄目だ。何も考えられない。

腰がビクビクと痙攣する。

「伊武さん……口、離して……」

切羽詰っている惣太とは反対に、伊武は行為の最中《さなか》、惣太の叢《くさむら》の匂いを嗅ぐ余裕さえあった。そこをよしよしと手で撫でられる。

「ほとんど生えてなくて可愛いな。天使みたいだ」

「もっ……や……いくから……いく──……っ」

伊武の口の中で茎が跳ねる。逃げようとすると腰をつかまれ、白濁を飲まれた。ごくりという男らしい喉音に興奮する。精管に残っているとろみまで吸い上げられ、キュンとする痛みを伴った快感に喘いでいると、ようやく体を解放された。

はぁはぁと肩で息をつきながら伊武の顔を見る。自分も、と言おうとした所で伊武がボトムを脱いだ。惣太に見せつけるようにボクサーパンツを下ろし、そこを自らの手で擦りながら話し掛けてくる。

「ゴム着けるか?」

「…………」

「どっちがいい?」

伊武は惣太の体のことを考えて大体コンドームを着けてくれる。ただ、伊武のペニスは大きすぎるためゴムを使うと大量のローションが必要になる。それよりは伊武の先走りを使って挿入してもらった方が、痛みが少なくて気持ちがいいのだ。行為の最中も温かいものが中で溢れてきて、凄く気持ちがいい。けれど、そんなことは口にできなかった。

「顔、真っ赤だな」

「うっ……」

「とりあえず、和室に運んでもいいか? 今日は先生の奥まで挿れたい」

ソファーや柔らかいベッドの上では満足できないと言う。和室の……しかも、畳の上でなんて、そんな……。もう理性の限界だ。羞恥と興奮で心拍数が限界まで上がり、眩暈がする。

頭をくらくらさせていると抱き上げられて和室まで運ばれた。お互い上半身は服を着たまま、下半身は露出状態のあられもない姿だ。こんな所だけ夢の国の仕様を真似るなよと思う。

畳の上に置かれて脚を開かされる。

「ああ、先生のここ可愛いな。見ているだけで興奮する。ピンク色で艶々していて、普段は硬く蕾んでいるのに、興奮すると俺を欲しがって少しだけふっくらと盛り上がってくる。凄く愛らしい」

伊武は窄まりに顔を近づけるとふっと息を吹き掛けた。そして襞を解すように丁寧に舐め始めた。

やめてくれ。恥ずかしい。もう嫌だ。

指をばたばたさせるとそれを握って動けなくされた。両手を握られたまま膝の裏に置かれて、また恥ずかしい姿勢になる。

「やっ……もう嫌っ……」

伊武の舌が隙間で上下にぬるっと滑り、やがて輪の中心を狙って動き始める。温かな唾液がのった舌がずちゅっと卑猥な音を立てて潜ってくる。

――あ……中に入ってくる。

隙間から熱い唾液が流れ込んでくる。敏感な粘膜を直接、舐められて、あまりの気持ちのよさに腰が跳ねた。そんな小さな場所から体を溶かされる。

――うっ……中が気持ちいい……。

意志を持った生物のような舌が体の内側で暴れる。自在に形を変えながら感じる場所を探られた。

しばらくするとちゅぷんと伊武の中指が入ってきた。あっと小さく声が洩れる。

「可愛いな……最初は嫌がって拒むのに、入れられたらこんなふうに従順に俺を受け入れる。一生懸命、飲み込んで……震えていて可愛い」

「や……伊武さんの指、太いのに……長いから……」

伊武の指が気持ちいい。硬い指先と爪の感触。節を抜ける瞬間にぬるっと中を撫でられて、頭の芯が痺れた。

指先にさえ愛を感じる。惣太の反応を見ながらゆっくりと進んでくるそれは快感しか与えてこない。舌も口も指も、伊武の全部が気持ちいい。何もかもが優しい。全てが自分の欲望のためではなく惣太のためだと分かる愛撫だった。

「あっ……も、変になる……」

慰めるように中から前立腺を擦られて膝が震えた。強い射精感で全身が甘く痺れる。

「伊武さ……も、もう――」

「ああ、俺もそろそろ限界だ。これを挿れてもいいか?」

伊武の脚の間で生々しく勃起しているペニスが見えた。その先端の切れ目からとろりと透明な体液がこぼれた。

――ああ……。

伊武が自分を欲しがっている。

欲望を滾らせながら限界まで我慢を重ねた雄がそこにあった。

「俺を受け入れてくれるか？」

「伊武さん……」

体を起こした伊武がゆっくりと覆いかぶさってくる。

視線が合う。大好きだと思った。

「その顔、たまらないな」

太ももを固定されて、握ったものをあてがわれる。とろりと蜜をまとった先端がそこへ口づけた。

挿入の予感で喉が詰まる。

「伊武さん、熱い……」

「挿れるぞ」

「やっ」

やっぱり、怖い……でも、欲しい。伊武さんが、好き。本当に好き――。

「大丈夫だ。先生を傷つけたりはしない。いいか？」

優しく訊かれて惣太は目だけで頷いた。

体重を掛けられる。張りつめた肉に穴の縁を広げられて、そこがピンと張るのが分かった。傘の開ききった亀頭が惣太の体を押し開きながら入ってくる。

「あっ……んっ、あぁぁっ……やっ……あぁっ……」

「痛いか？」

「お、おっきい……うっ――」

やはり伊武のペニスは尋常じゃないくらい大きい。挿入される瞬間はいつも苦しいし、痛い。穂先を飲み込むことができてもすぐには終わらない。太くて長い幹を奥まで受け入れなければならないのだ。それには時間が掛かる。

「ゆっくりする。先生は力を抜いて」

「ん……」

伊武が角度を調節しながら腰を進めてくる。ゆっくりじわじわ挿れられると余計にその存在を感じてしまう。伊武の太さや硬さ、熱さを感じてしまう。

——あ……奥まで来る。

痛いのに気持ちがいい。焦れて自分の腰が勝手に動いてしまわないように注意を払う。時間を掛けてじっくり伊武を嵌められた。

体が伊武でいっぱいになる。

「惣太……」

名前を呼ばれて心臓が大きく跳ねた。前髪を上げられて、そっと額にキスを落とされた。

「伊武さん」

「伊武さんじゃない。征一郎さんだ。呼んでくれ」

自分と伊武が完全に一つになっている。その体勢のまま視線を熱く絡まされた。少しだけ嗜虐を含んだ肉食獣の目に心臓が波打つ。

「征一郎さんっ」

「動くぞ」

「あっ……あ、うっ……」

顔を見られながら抽挿されるとたまらない気持ちになる。でも、この体勢が一番感じる。伊武の顔が見えて、伊武の吐息や声を聞けて、伊武の匂いを嗅げる。相手の存在を近くに感じながらするセックスが一番気持ちいい。五感が満たされるセックスが何よりも興奮する。

初めてのセックスは後ろ向きだった。

それは惣太の体を考えてのことで、確かに伊武の大きさを受け入れるにはあの体勢でないとできなかった。男同士のセックスは後背位が一番楽だからだ。伊武は耳元で何度も愛していると囁いてくれた。何度も大丈夫かと尋ねてくれた。それがたまらなく愛おしかった。でも、伊武の顔も見たかった。声だけでなく、感じている男の顔を見たかった。だからこうやって顔を見ながらできるのが本当に嬉しい。恥ずかしいけれど嬉しい。

「あっ……んっ……あ、ああっ……」

伊武が動くたびに惣太の肩がビクッと上がる。シャツが畳に擦れて熱を持つ。優しく、けれどその体を逃すまいと伊武が深く潜ってくる。

「あ、熱い……」

「ん？」

「背中が熱い」

「背中だけか？」

「征一郎さんが……熱い……熱くて気持ちいい……」

「俺も熱い。惣太の中が凄くいい」

伊武も感じてくれているんだと思うと心がじわりと満たされる。嬉しくて泣きそうになる。

太いペニスがゆっくりと惣太の中を移動する。ギリギリまで引き抜かれて、また奥深くまで穿たれる。内臓が捲れそうになるほど大きいのに、気持ちよくてたまらない。亀頭でも幹でも前立腺を刺激されて快感がゆるりと立ち昇っていく。

「惣太、大好きだ。愛してる」

「征一郎さ……ん」

揺らされて、抱き締められて、キスされる。

なんて幸せなんだろう。

なんて気持ちいいんだろう。

温かくて、気持ちがよくて、満たされる。

愛に満たされて、ただ愛されるだけの肉の器になる。

伊武だけの体になる。

愛に包まれてただ快楽だけを追う雄になる。

「ずっと、このままが……いい」

「俺もだ」

好きだと、そう素直に言えない。愛を表現できない。

セックスも自分からは何もできない。

だから、惣太を感じて興奮している伊武が、そんな自分に愛を与えてくれる伊武がたまらなく愛おしい。ずっとこのままでいたいと思う。離れたくない。ただ一つになっていたい。

「でも……も、いきそう……」

伊武の力強い抽挿にあっという間に上りつめる。我慢しようと伊武の腰に脚を回してしがみついたが、効果はなく、余計に挿入が深くなって感じてしまった。伊武が大きすぎるせいで、動いても動かなくても、突かれても抜かれても感じてしまう。何をされても気持ちがよかった。もう、どうしようもない。これ以上、何も考えられない——。

「あ、いく……」

もう気持ちがよすぎてどうにかなってしまいそうだ。

伊武が惣太のペニスを優しく握ってくれる。軽く揺らされながら、伊武の手に導かれて射精する。終わってしまうのが寂しい。でも、気持ちいい。体がとろけてしまう。

甘い逡巡の中、全部出していいと言われ、その言葉にどこまでも甘えた。


気がつくとベッドの上で横になっていた。いつものように伊武が優しく事後処理をしてくれる。狭いベッドの上で腕の中に入れられ、匂いを吸い込みながら甘えていると、体がとろりと解《ほど》けて、そのまま意識がなくなった。

目を覚ますと隣に伊武がいなかった。シャワーかなと思って二度寝する。

次に目を覚ました時、様子がおかしいことに気づいた。夕方なのに部屋に電気が点いていない。伊武も見当たらない。急な仕事か何かで帰ったのかなと思っていると、キッチンの奥に人の気配がした。何かあったのだろうか。素早く着替えて、恐る恐るダイニングの方へ向かう。すると部屋の隅で頭を抱えて座っている伊武の姿が見えた。

「ど、どうしたんですか？」

頭痛か何かだろうか。慌てて電気を点けて伊武に近づいた。

「わざとじゃない……意図的にやったわけではない……」

伊武は低い声で何かブツブツと呟いている。

「ドーナツを食べてもらおうと思って……疲れただろうから甘いものを……それで皿を出そうとして探したが見当たらず……シンクの下にある扉を開いたら――」

キッチンの……扉。

シンクの……下。

開かずの扉。秘密の扉。

もしかしてアレを……

ジーザス！

なぜそこを見る。なぜそこを開く。なぜだ、どうしてなんだ！　皿なら食器棚だろうが！

「開けたらこんな――」

言うなよ、言うなよ、皆まで言うな。

よくも開いたな、そこを。

俺の恥部を！

これは罠か、罠なのか。

ああ、神様〜。

惣太はパニックになった。

「破廉恥なＤＶＤ数枚と勃起したペニスが出てきた」

「わあぁぁっ――――！」

惣太はモモンガのように両手を広げて水平ジャンプし、諸悪の根源の上に乗った。スライディング気味で着地したため、横腹から一枚だけＤＶＤが滑り出てしまったが、そんなことはどうでもよかった。フローリングの上でシャーンと間抜けな音が響き、やがて静かになった。

「先生は俺に満足してないのか？　そして、この男が好きなのか？」

飛び出して壁にぶつかったＤＶＤをサルベージされて、ジャケットを指差される。般若の刺青が入ったヤクザの背中だった。

好き？

どういうことだろう。伊武の言っている意味が分からない。

闇練がバレたわけではないのか。

「シリーズ全てが揃っている……。先生はこの男を観て興奮したのか。この男に心を奪われたのか。好きになったのか。なってしまったのか。だから指だけでは飽き足らず、こんなものまで使って伊武が頭を抱えた。この世の不幸を一気に吸い込んだような顔をしている。

「一本満足じゃなかったのか。よく見たらこれは俺より少し大きいな……長さも少しだけだが、長い気がする。ああ、もう駄目だ。俺の努力が足りなかったのか……俺の愛が足りなかったのか……」

……ああ――」

「あの、違うんです」

「何が違う?」

「それはただのオブジェです」

「美術品《オブジェ》がどうして電動で動くんだ」

「お、オブジェにも近代化の波が来たようで――」

伊武は惣太の言葉を聞いていなかった。

「駄目だ。胸が、胸が張り裂けてしまう」

どうしよう、どうしよう。

本当のことを言いたい。

全ては伊武のためだと、伊武に嫌われないためにそうしたのだと言いたい。けれど、言えなかった。夜中にこっそりパソコンの前でオブジェ（便宜上）にしゃぶりついている姿を想像されたら、多分嫌われる。いや、絶対に嫌われる。もう、人間じゃない。それは妖怪だ。妖怪チンしゃぶりだ。失望され、愛想を尽かされ、心の底から嫌われて誹《そし》られて、一生会えなくなってしまうだろう。それだけは嫌だ。絶対に嫌だ。何があっても伊武と別れたくない。絶対に別れたくない。ずっと一緒にいたい。

「先生は、本当はヤクザフェチなのか？　どの作品にも本物のヤクザが出ている。……先生は俺のことが好きじゃないのか。ただ俺の属性に惚れただけだったのか……」

違う、そうじゃない。そうじゃないのに説明できない。

ヤクザを選んだのは伊武に似ていたからで、それは雰囲気を出すためのものだ。別に興奮もしていない。真の目的はヤクザの相手役であるフェラリスト高橋とテコキニスタ純也なのだが、その単語は死んでも口に出したくない。

どうしたらいい、ああ、どうすれば……。

思いあぐねていると、ふと松岡の言葉が脳裏に浮かんだ。

――次、若頭とお会いになった時、笑顔で『征一郎が一番好きだよ』と言ってみて下さい。おできになりますか？

そうか、あれをやればいいのか。

惣太は意を決した。ぐっと拳を握り締める。

「マッチョなイケメン……本物の和彫り……前戯なき戦い……若頭とラブアフェア……若頭伝説……」

「せ、せ、征一郎が一番好きだよ！」

伊武の下に飛び込み、詰まりながらも頑張って言った。腰に抱きついてニコッと笑ってみる。

「だから、この男が二番なんだろう?」

「へ?」

伊武の顔が濃い。全体に影が差し、背後に黒いカーテンが下りてきた。

「一番という相対評価ができるのは二番が存在しているからだろう? そうなんだな? この男に惚れてるんだな? そうなのか?」

伊武が何かを懇願するかのように惣太の顔を見た。真剣な顔に苦渋の色が滲む。

「ああ、駄目だ。これ以上、ここにいると先生に酷いことを言ってしまいそうだ。頭を冷やしたい。今日はもう帰ろう」

伊武はそう言うと上着を持って部屋を出た。

バタンとドアの閉まる音がする。部屋がしんと静かになった。

——ど、どうしてですかっ、松岡さん!

頭の中の松岡に詰め寄った。その眼鏡にマーガリンを塗ってやるぞ! と脅し、あらゆる言葉を駆使して頭の中の松岡を罵倒し倒した。想像の松岡はひょいっとよけて、口元に手を当てながらクスクスと笑っている。

ああ、もうっ!

言われた通りにやったのに、どうしてこうなってしまったのか。理由が分からない。訳も分からない。どうしてだ、なんでなんだ。松岡の言う通りにすれば全て上手くいくんじゃなかったのか。少しぎこちなかったが、言われた通りにできたはずだ。ちゃんと腰にも抱きついたし、笑顔も見せた。俺はやった、ちゃんとやった。それなのに、何が駄目だったのだろう。もうパニック状態だ。この後、どうしたらいいのかも分からない。

伊武の傷ついた顔を思い出して心臓が止まる。そんなつもりはなかった。DVDに出演しているヤクザが好きなわけじゃないし、興奮もしていない。オブジェもさらっと舐めてはみたが、伊武が考えているような卑猥なことはしていない。伊武の体に満足しているし、大好きだ。他の何かを想像したこともない。

それなのに、どうして——。

頭を掻き毟って叫び出したくなる衝動を抑えて、惣太は一人、粛々と部屋を片付け始めた。

キッチンにあるダイニングテーブルを見ると白いお皿の上にドーナツが二つ載っていた。その傍にフォークとコップが用意してある。手を拭くタオルまで小さく畳んで置いてあった。よく見ると、ねじねじの長い方は食べやすいように六等分してあった。

——伊武さん……。

どうしてだろう。

急に胸がいっぱいになって涙がこぼれた。

5. 重なる事件

惣太の周辺が目まぐるしく動き始めた。雑誌のドクターズファイルが刊行されてから各方面からの取材が増え、セミナーや講演会を申し込まれるようになった。病院での業務が忙しいため、雑誌の取材以外は断っていたが、そうこうしているうちに、とうとうテレビ局の取材が入るようになった。これは大学病院の事務局——事務部の経営戦略課や理事長の判断で全て出演するように命じられた。

惣太は伊武のこともあって出演を断りたかったが、そうもいかず、テレビ局の取材や番組へのオファーを受けることになった。

「それでは先生方、緊張なさらずに打ち合わせ通りにお願いします。細かい指示はフロアADが進行に合わせてカンペを出しますんで、ご心配は無用です。カンペの色ですがメインMCが赤、ゲストが青、先生方は緑になっています。緑色のカンペが出たら指示に従って下さい。よろしくお願いします」

ディレクターが細かく説明してくれる。『腕利きドクターの診療所』の収録が始まった。

きちんとしたスタジオ撮影が初めてだった惣太は驚きの連続だった。広いスタジオに作られたセットはリカちゃんハウスのように不自然に切り取られ、見える所だけ装飾がされていた。裏側は剥き出しの木材で、照明が当たっていない場所は暗く、全てが虚像なのだと思った。

芸人がMCを務め、番組の進行に合わせてトークを回していく。医師が各科の病気について語り、そこへゲストの芸能人たちが質問をしていく流れだった。

惣太の隣に座っている医師は市中病院の精神科医だったが番組の人気者らしく、何度もMCからトークを振られていた。事あるごとに「ようこそ！　ドラゴンゲートへ！」と叫び、「マイマイねじまき、マイスタン」「ワイワイわっしょい、ワイパックス」と芸ネタと医療ネタを融合させた寒いギャグを連発していた。テンションが異常に高く、今すぐ尿検査！　と思ったが、そのキャラが受けているようで周囲の笑いを誘っていた。

惣太は台本通りのやり取りしかできず、カメラの赤ランプ《タリー》を追うこともできなかった。同じ医者でもこのような場で活躍するには特別な才能が必要なのだと、自分の実力不足をしみじみ感じた。今日の収録は特にオペ自慢の外科医が多く、深刻なキャラ渋滞だった。

撮影を終えた後、エレベーターに乗っていると同じ収録現場にいた医師から声を掛けられた。

「柏洋大学の高良先生ですよね？　雑誌、拝見しました」

さっきの精神科医と同じ病院に勤務している、確か……外科医だ。海外勤務の経験があると言っていたな。フェロー時代にオペをしまくってたとかなんとか。オペのスピードが速いのが売りらしい。

「私も柏洋大学医学部出身なんですよ。途中でボストンのメディカルセンターに移りましたが」

「そうなんですね」

「先生は今日が初めてで?」

「そうなんです。いつもの仕事とは違って非常に疲れました」

「そんなふうには見えなかったですよ。とても素晴らしかったです。先生は可愛らしい上にツッコミのセンスがある。『健康とは課金である』でしたっけ? あれは名言です。オンエアの後はきっと話題になりますよ」

眼鏡を掛けた少し冷たそうな印象の医師はすっと一礼すると、先にエレベーターを出た。

——ああ、疲れた。

慣れないことはするもんじゃない。もう口の中がカラカラだ。

テレビ局を出ると急に重い疲れを感じた。背中に人が一人乗っているようなだるさを感じて、大きく溜息をつく。

伊武に会いたい。

そう思ったが会えなかった。

メッセージのやり取りはしている。けれど、あの話題には一切触れず、内容もどこか他人行儀なものだった。通話はしていない。お互いこれ以上、関係を悪くするのは避けたい雰囲気があった。

緩やかな膠着状態が続いている。前にも進めないし、後ろにも戻れない。一体、どうすればいいのだろう。

あのＤＶＤとオブジェを捨てればいいのだろうか。その事実をＬＩＮＥで報告したら伊武の心は救われるのだろうか。けれど、それでは自ら誤解を認めているようで納得できない。もちろん、本当のことも言えない。嫌われたくない。

——こんなにも好きなのに。

伊武はどうしてあんな誤解をするのだろう。自分のことを信用していないのだろうか。過去に誰とも付き合ったことはなく、新品のまま伊武のものになって、ただひたすら伊武のことだけが好きなのに、どうしてこの気持ちが伝わらないいんだろう。分かってもらえないいんだろう。そして、こんなにも真っ直ぐでシンプルな感情がどうして絡まってしまうのだろう。

恋愛は難しい。

本当に難しい。

ただ好きなだけじゃ、駄目なんだろうか。

それだけじゃ、続けられないいんだろうか。

伊武からＬＩＮＥが来る。

——今日は空が綺麗でした。

そんなメッセージの後に青空の画像がぽんっと上がった。

その前の日も、その前の前の日も、同じ内容だった。

雨が降ったらどうするつもりなのだろうと思う。

——本当に綺麗でしたね。

一言、返す。

繋がっている。繋がっているのに凄く遠く感じる。

今も運命の赤い糸は細く長く伊武の元まで届いているのだろうか。

ぼんやりとスマホを眺めているとSNSの通知音とは違う音がした。通話だ。名前を見ると伊武ではなくてがっかりしたが、諦めて通話に出る。相手はこの前、本屋で数年ぶりに再会した犬塚だった。


「ウェーイ、乾杯～」

犬塚から飲みに行こうと誘われ、カジュアルなワインと料理が楽しめるイタリアンに連れて来られた。立ち飲みのようなバルを想像していたが、店内に足を踏み入れるとバーカウンターと個室がある装飾の凝ったお洒落な店だった。

「ここのプロシュートマジで美味いから、おまえも食え」

酸味の少ない軽めの白ワインで、それぞれ熟成具合の違う三種類の生ハムを摘む。塩味ながら少し甘さのある生ハムは確かに美味しく、ワインとよく合った。

「どうした？　なんか疲れてんな」

犬塚は豪快に料理を平らげていく。

「今日はテレビの撮影だったんだ」

「テレビって取材か？」

「違う。スタジオ収録だ。『腕利きドクターの診療所』って番組知ってるか？　それの収録だったんだ」

「へぇ。いいな。あれに出たら顔が売れて他にも仕事が来るぞ」

「皆、同じこと言うんだな。俺には向いてない。疲れた」

「はは、欲がねぇなあ、おまえは。今の時代は医者も自分の名前を売ってやっていくもんだ。弁護士なんかと一緒だ。自分の手技やスキルを時間で売る。麻酔科医なんかほぼそうだぜ。うちで無痛分娩を担当している麻酔科医は、あちこち掛け持ちして俺よりずっといい車、乗ってるぞ」

「はあ……」

「おまえもチャンスじゃないか。開業するなら今だぞ」

「だから金がないって。コネも場所もだ」

「弱気だな。幾らか融資してやろうか。もちろんリターンはもらうが」

「全く、どこまで稼ぐ気だよ」

「おまえだって死ぬまで大学病院《あそこ》で奉公するつもりはないだろう。今時、主任教授の椅子に魅力があるか?」

そう言われて言葉に詰まる。

迷いがあるのは確かだ。

大学病院に勤務する医師の場合、教授にならなければ高給は得られない。もちろん、市中病院へのお礼奉公やバイトを兼業して稼ぐことはできるが、それも研修医や若手のうちだけだ。だから、四十代の講師よりも三十代の助教の方が収入がいいという逆転現象も起きる。惣太はそれでも大学病院でやりたかった。

「研究の最先端の現場にいて豊富な症例に触れることができるのは、日本じゃ大学病院だけだ。学会や留学で海外に出るチャンスもある」

「へぇ。おまえって意外と野心があるんだな」

「向上心と言ってくれ。金も大事だが、俺はやっぱり人の役に立ちたい。診療や教育はもちろん、研究だって諦めたくない。医局にこだわるのは、やりたい研究があるからだ。それに、上から研究費をぶん取って好きな研究をするためには、出世するしかない。オペだってトップにならなきゃ、難しい手術は執刀させてもらえないしな」

「じゃ、偉くなるしかないか」

「そうだよ。だから今は上からの命令を聞いて、出たくもないテレビにだって出るんだ」

「はは。顔色悪いな。灰色だぞ。お地蔵さんみたいだ」

「うるせぇよ」

「女はどうなんだ？　お互いもうすぐ三十三だ。おまえはまだ結婚してないだろ？」

女と言われて戸惑う。この場合は伊武のことでいいのだろうか。

「お、お付き合いをしている関係の人はいる」

「お付き合い？　なんだ可愛いな」

犬塚は笑っている。口の端からサラダの赤パプリカが細長く出ている。そうやってみると吐血しているみたいだ。

「恋愛って難しいんだな……」

「どうした、急に。人格変わったぞ」

「はあ……」

犬塚に相談してみようか。犬塚はイケメンというわけではないが、明るく豪快な男で昔から女にモテた。上司にも好かれるタイプで、友達も多い。金には汚いが裏表のない豪気でいい男なのだ。

恋愛のスキルでいえば犬塚の方がずっと先輩だ。何か解決策が見つかるかもしれない。惣太は相談してみることにした。

「あんまり上手くいってないんだ……」

「どうした」

「こんなに好きなのに、どうして上手くいかないんだろう」

「なんだそれ、新曲でもリリースすんのか。あんま売れそうにないな」

もし相手が怒っているなら、ごめんなさいと謝ればいい。仕事なら菓子折りの一つでも持って謝罪すればいいし、友達ならごめんと謝って飯でも奢ればいい。恋人ならどうなんだろう。そもそも、伊武のあれは怒りとは違う感情のような気がする。人は喜怒哀楽と簡単に言うが、恋愛における感情はそのどれもが複雑に入り混じって区別がつかなくなっているような状態なのだ。

嬉しいのに切ない。

苦しいのに幸せ。

腹が立つのに愛おしい。

楽しいのに涙が出る。

痛いけど気持ちいい……。や、これは違う。

感情にグラデーションのような色がつき、その感情の粒が複雑に重なっては離れ、一部は驚くほど明るく輝き、一方で恐ろしく真っ暗な場所がある。ちょうどカレイドスコープから覗いたような美しく切ない風景のようだ。それが刻一刻と変化していく。

どうすればいいんだろう……。

こんな複雑な気持ちを抱えたことはこれまで一度もなかった。

どんなことでも、真っ直ぐ諦めずに一生懸命やれば結果がついてくる。複雑なことを考える前にまず手と体を動かして、自分のために必死で頑張る。それがやがて実力となり、きちんと人のためになる。自分の学んだことが社会に還元される。

ずっとそう思いながら生きてきた。だからこそ、努力や勢いで片付けられない物事があるとは思ってもみなかった。

「オブジェを使って手と体を動かすのは間違いだったか……」

「なんだ、酔っ払ってんのか？　はは、おまえ面白いな」

ああ、世の中の人はこんな複雑なことをやりながら、仕事をして趣味やその他のことにまで手を伸ばしているのか。本当に凄いなと思った。尊敬する。自分はもう伊武のことで手一杯だ。頭もいっぱいだ。

「あんまり思いつめるなよ。おまえは学生時代から真面目で一途だったからな。ちょっと融通が利かないっていうか、まあ、外科医にとってそれは大事なことだが、恋愛は仕事じゃないんだから、もっと緩くやってみたらどうだ。まだ若いんだし、一人の女って決めずに適当に遊んだらいい。結婚してるわけでもないんだしな。何事も経験だよ、経験」

「はあ……」

どうしたのだろう。頭がぼんやりする。頬が熱くて、動悸が酷い。肋骨の内側で心臓が踊り始めた。

「そういえば真面目って言えばあれだ。おまえ医学部時代に、不正をした同級生を告発したことがあっただろ。試験でカンニングした上に論文を改変コピペして単位をもらおうとしてた男……なんだったかな……ああそうだ、押切《おしきり》だ。この前、久しぶりにあいつに会ったんだ。あいつは大学を退学になった後、他の医学部にも編入できなくて結局、医者になれなかったらしい。なんか、頭ハゲ散らかして悲惨な状況になってたぞ。そんでおまえのことを訊かれたんだが――」

ああ、目が回る。犬塚の話が耳に入ってこない。酔っ払ってるんだろうか……。

「おい、聞いてんのか？　有名になると何かと足を引っ張ろうとする奴も増えてくる。医者同士の嫉妬も結構、えげつないしな。おまえも気をつけろよ。まあ、俺ぐらい抜きん出ちゃったら叩かれもしないがな。あはは」

うーん。世界が綺麗だ。キラキラして、眩しくて……。

伊武さんに会いたい。会いたいなあ。だって、好きだし。

好きだもん。好きなんだもん。ヒックっ……

「高良？　おまえ、大丈夫か。もうグラス置け。飲みすぎだぞ」

「うー」

「おい、おまえ――」

あれ？　おかしいな。だんだん視界が暗くなってきた。最後、犬塚に抱き上げられたような気がしたが、そこで意識が途切れた。


夢を見ていた。とても幸せな夢を。

伊武と二人、お揃いの浴衣を着て、夜の境内を歩いている。お祭りだろうか。露店が出すタングステンランプの光が眩しく、どこか郷愁的で温かみのある風景だ。出目金の赤は鮮やかで、綿菓子は夢のようにふわふわと白く、流れるスーパーボールは磨かれた宝石のように輝いていた。焼きトウモロコシの香ばしい匂いとベビーカステラの甘い香りが漂ってきて、とても幸せな時間だ。

伊武がたこ焼きを買ってくれた。箸で器用に摘み、ふーふーしてくれる。先生が火傷をするといけないからと言いながら、冷ましたものを口の中にそっと入れてくれた。青のりとソースの味がして美味しい。自然と笑顔になる。マヨネーズが口についたと言って、顔を近づけた伊武が自分の唇を――

「おいっ」

ん？　なんだこれは。

突然、二人が座っているベンチの傍にマッチョな土佐犬がやって来た。なぜか人の言葉を喋っている。顔が犬塚にそっくりだ。

「おい、高良！　起きろ。起きろってば！」

変な犬だな。なんで俺の名前を知っている。犬は高そうな金の首輪をしていて、その首元には$マークのチャームがついていた。この成金の犬め。

「頼むから起きてくれ」

「………………」

「起きろって！」

――え？

急に意識がはっきりした。周囲を見渡すと知らない部屋で、広いベッドの上に一人で寝ていた。Tシャツにブリーフ姿だ。昨日、来ていたスーツが見当たらない。惣太は状況が理解できず、額を擦った。あれ……確か昨日はスーツを着てテレビ局に向かって収録を終えた後、犬塚に誘われてそれで……

「目、覚めたか？　さっきからインターフォンが鳴り止まなくて、室内モニターを見たら、ドーベルマンみたいな顔した背の高い男がスーツ着て立ってるんだが、これおまえの知り合いか？」

「へ？」

「なんかすげー怖いんだけど。これ、本気でヤベェ奴だよな。堅気には見えない。頭にヤのつく自由業の人だよな。ああ、どうしよう。怖いな。なんかこっちを睨んでるように見える」

慌ててスマホを見ると、なぜか電源が落ちていた。充電が切れたのだろうか。急いで犬塚に充電器を借りて電源を入れる。画面を見て青ざめた。

着信が145件、SNSのメッセージが238件、と思ったらまた来た。

——どこにいるんだ。

こ、怖い。

指で画面をスワイプすると同じ内容のメッセージが大量に送られていたことが分かった。しばらく流しても画面の景色が一向に変わらない。アメリカの郊外で長距離バスに乗った時の景色と同じだった。

——どうしよう。何が起きているんだ。

パニック状態でどうしたらいいのか分からない。

オロオロしていると犬塚から声を掛けられた。

「おまえの知り合いなんだろ？　出ろよ。俺、もう仕事に出なきゃだし、おまえもそうじゃないのか？」

今日が何曜日で今が何時なのかも分からない。ああ、どうしよう。じたばたしながらリビングの中をクルクル回っていると玄関の扉が開く気配がした。

風が来て、その後、殺気が来た。

スーツ姿の伊武と目が合う。

惣太はTシャツから生脚が二本生えた状態だった。

「失礼する」

伊武は犬塚に一礼すると部屋の中に入ってきた。

「先生をお連れしろ！」

伊武は訳の分からない命令を出した。

惣太はパニック状態で気づかなかったが伊武の両隣には田中と松岡がいた。惣太はその姿のまま松岡に抱き上げられて連れ去られた。後ろからスーツを持った田中がついてくる。エレベーターで地下まで降りて、駐車場に着いた所で黒塗りのレクサスに放り込まれた。松岡が運転する。田中は後部座席に座った惣太に優しく毛布を掛けてくれた。

「マズイっすよ、惣太さん」

田中が声を掛けてくれる。

「まずいって？」

「昨日、惣太さんがいた店、あれ若頭《カシラ》が経営してるイタリアンなんっすよ」

「え？」

「昨日、テレビの仕事があったんすよね？　その後、惣太さんと連絡がつかなくなったカシラが心配して、惣太さんのスマホのＧＰＳを追跡したんです。事故か何かに巻き込まれたんじゃないかって。それで調べたらあの店にいたことが分かって、カシラが防犯カメラの映像を調べたんです。そしたら男に抱かれながら店を出る惣太さんの姿が映ってて、それを見たカシラがもうこれで――」

田中は金髪のいがぐり頭に指で二本の角を作る仕草をした。マジやばかったんすよ、と呟いている。

それは宇宙人じゃないよな。百年穿いても破れないパンツを穿いている系の、赤か青のあれだよな？

ん？　これは、なんだ。

――そもそも、なんで怒られてる？

何かを疑われているのだろうか？

「この場所を解析するのも時間が掛かったんすよ。なんせ、街区全体で二千世帯が生活してる超高層のタワーマンションですから。カシラ全然寝てなくて今日は――」

ああ、もう田中の言葉が理解できない。

「なんで、カシラの呼びかけを無視しちゃったんです？」

「無視したわけではなくて、多分、酔っ払ってそのまま意識がなくなったのかと」

「でも、その格好で」

言われてハッとなる。スーツと革靴は田中が持ってきてくれたが、自分はほぼ下着姿だった。

「ただでさえ炎上中なのに自らガソリン追加してどうするんすか？」

田中も松岡も二人が上手くいってないことを知っているのだろうか。オブジェの案件を知られているとは思いたくなかったが、さすがの伊武もそこまでは話してないだろう。ただ、ここの所、あまり会っていないことは田中も松岡も察しているようだった。

「伊武さんにはきちんとお詫びします。お二人にもご迷惑をお掛けしました。本当にすみません」

「どういう知り合いなんすか？」

「医学部時代の同級生です」

「ってことはあの人も医者なんすね。ああ、やっぱりそうなんだ。目を真っ赤にしたカシラが犬印のなんとかって言ってたんで、ペットショップの社長かドッグフードメーカーの社長かと思ったんすけど。まぁとにかく昨日は、高良先生がマッチョに攫われたって大騒ぎでした」

「す、すみません。本当に申し訳ありません」

「カシラは惣太さんのことになると我を忘れてしまいますから。惣太さんも気をつけた方がいいっすよ」

「……はあ」

田中がスーツを渡してくれた。狭い座席の上でもそもそと着替える。

「そろそろ、病院に行かないと」

「ご心配なさらず。今からお送りしますよ」

「あ、ありがとうございます」

運転しながら松岡が答えてくれた。

しばらくするとスマホが鳴った。犬塚からのメッセージだった。

——今、ヤクザから決闘申し込まれたけど俺死ぬの？

決闘？

慌てて二人のスマホにメッセージを送ったが既読にならなかった。

犬塚、本当にごめん。死なない程度にやられてくれ。おまえならやれる。

健闘を祈る。

惣太は前が見えなくなった。

6. 切ない距離

　その日は一日忙しかった。通常の業務にプラスして救急搬送された患者の処置のため何度も救急部に呼び出され、緊急オペを連続で二件こなし、息つく暇もなかった。なんとかひねり出した時間で伊武と犬塚のスマホにメッセージを送ったがそれも既読にならなかった。

　春が近づきつつあるとはいえ、整形外科はまだまだ繁忙期だ。スキーやスノーボード、スケートで転倒して骨折した患者が次々と運ばれてくる。寒い時期のためトイレが近くなったお年寄りが自宅の階段などで慌てて転ぶケースも多かった。

　柏洋大学医学部付属病院は大学病院でありながら、高度救命救急センターや総合診療ERセンターを持ち、地域の第二次・第三次救急も担っているため、他の大学病院に比べて救急搬送の数が多い。多い年は一年間で六千台もの救急搬送を受け入れている。その中でも整形外科への診察《コンサル》依頼数は他科より多かった。

　目まぐるしい日々を過ごす中、伊武との連絡が取れなくなっていた。

　このままではいけない。

　そう思うのにどうしたらいいのか分からない。

　行動を起こしてしまったら、そこで終わってしまうような気もした。

――怖い……。

そう、怖いのだ。怖くて仕方がなかった。何か決定的な答えが出てしまうのが怖くてこのままにしておきたい。今のままならまだ恋人だと言える。お互い忙しくてなかなか会えない恋人。遠距離恋愛中の恋人同士なら当たり前の関係だろう。すれ違っているのは仕事のせいで他に理由はない。そう思いたかった。

とりあえず犬塚とは連絡が取れ、その無事が確認できてホッと胸を撫で下ろした。伊武には消されなかったらしい。

あの日のことを謝罪すると犬塚は構わないと言って笑った。伊武が経営する店で働く女性スタッフの出産はうちが全てもらったと豪快に笑い、ただでは転ばぬ俺だからなと自慢するように話した。惣太に対しては講演会一回分で許してやると、冗談半分で言ってくれた。本当にいい男だ。

逆に犬塚には、関東一円を牛耳る伊武組の跡取りと付き合うなんて、おまえはとんでもない勝ち組だなと驚かれてしまった。同期の中でもぶっちぎりの玉の輿だとからかい、噛みつく場所がそこかよと突っ込みたくなったが、それ以上は何も言えなかった。

男同士であることも特に訊かれなかった。

けれど――

惣太は仕事終わりの夜道を歩きながら考えた。ここを歩くのも久しぶりだ。

夜十時を過ぎているため、人通りは少なく、道路を走る車にどんどん追い抜かれていく。一人きりのせいか駅までの道のりがいつもより長く思えた。プラタナスの枯葉が風で飛ばされて惣太の靴の下に潜る。パリパリという妙に乾いた音がして心臓がびくっとなった。

この前、伊武とここを歩いた時はまだ紅葉した黄色い葉だったのにと思う。綺麗な葉っぱは茶色く乾いて壊れてしまった。物事は簡単に壊れるし、移り変わる。人の心がそうではないとは言い切れない。どんなことでも変わっていくし、いずれは壊れる。

憂鬱な気分を引きずったまま歩いていると黒い革靴の先が見えた。なめらかなプレーントゥの革靴。

伊武だ。

靴の一部で伊武だと分かるほど自分は伊武のことが好きなのだと思った。

「先生……」

声を掛けられる。

怖くて目を合わせられない。

立ち止まったままじっと伊武の革靴の先を見ていた。

「話がある」

そう言われて近くにあるコーヒーショップに誘われた。

二十四時間営業の店に入ると客が数人いた。パソコンを開いている者やスマホで誰かと話している者、無言のままコーヒーを飲んでいるカップルがいた。とりあえずコーヒーを頼んでトレーを受け取り、一番奥の席に座った。火傷するといけないからとトレーは伊武が持ってくれた。

無言のまま席で向かい合う。なかなかきっかけがつかめずにお互い話し出すことができなかった。時間だけが過ぎていく。コーヒーが半分くらい減った所で伊武が口を開いた。

「長い間、連絡できずにすまなかった」

急に謝られてドキリとする。

「あ、あの、大丈夫です。俺の方こそすみません」

「疲れているように見えるが……体調は大丈夫なのか?」

「この所、病院が忙しくて疲れてはいるんですけど、体を壊したりはしてないので」

「そうか」

伊武も少し疲れているように見えた。顔全体が浅黒かった。

「あの、俺、犬塚とはなんでもないですから。その……伊武さんが考えているようなことは何も——」

こんなふうに話したら余計に言い訳がましいかもしれないと思った。けれど、言葉が口を突いて出た。伊武の目を見ると怒っているようには見えなかったが、表情の奥までは読めなかった。

「それは分かっている。彼とも話をしてあの日のことは理解したつもりだ。だが、ああいう場面は見たくなかった。ほとんど裸に近い姿で男と一晩過ごした。同じベッドで寝たかもしれない。信じていないわけではないが、疑う気持ちがあることも確かだ。そういう関係ではなくても彼に心を許しているように見えた」

「……すみません」

「あの日は先生とただの一度も連絡がつかなかった。意図的なことではないかもしれないが、それが精神的に堪えた。俺は先生から連絡が来るのをずっと待っていた。……慣れないテレビの収録で大変だっただろう。心身ともに疲れただろう。だから俺はそんな先生の力になりたかった」

「ホントに……すみません」

「連絡がつかなくなって何か起きたのかと心配になった。事件や事故に巻き込まれたのではないか……テレビの収録で何かあったのではないかと、そう思った。だから、申し訳なかったが、先生の行動を調べた」

「………」

「犬塚氏から聞いた所によると先生は何か相談事があったようだ。酔っ払ってしまって詳しくは訊けなかったが、何か思い悩んでいるようだったと彼は言っていた。それもショックだった。これは俺の独占欲だろうが……相談があるならなぜ俺にしないのかと、そう思った。考えてみれば、俺はこれまで先生から相談を受けたことがない。仕事のこともそうだし、その他のことでもだ。先生は俺のことを心の底では信用していないのか？　学生の頃からの知り合いである犬塚氏の方が信用できるということだろうか」

確かに実家の和菓子屋の件で金の無心をしたことはあったが、伊武に何か相談事を持ちかけたことはなかった。迷惑を掛けたくないという気持ちもある。それが不服なのだろうか？

「好きな相手が困っている時、落ち込んでいる時、疲れている時、そんな時に力になれるのが本当の恋人だ。そうなりたいのが恋人だ。俺はいつも先生のためになりたいと思っている。先生のために生きたいと思っている。だから、何かあったら俺を一番に頼りにしてほしい。頼りにされたい。それが自分でないとしたら悲しい。なんのために俺がいるのか……。その立場でさえ二番だったとしたら、本当に悲しいし、やり切れない。寂しい上に、自分が無力に思えてたまらない気持ちになる」

伊武はそう言うと黙り込んでしまった。惣太も同じだった。

思い悩んでいるのは伊武のことだ。

伊武のことで困っている。伊武のことで落ち込んでいる。けれど、そんなことが言えるだろうか。これではまるで「今までのことは全てあなたのせいです」と言っているようなものだ。そしてこの問題を根本的に解決するには伊武と別れるしか方法がなくなる。なんでこんなことになるんだ。もう訳が分からない。

――俺はただ、伊武さんを笑顔にしたいだけなのに。

一緒に笑っていたいだけなのに。

あのＤＶＤとオブジェだって伊武のためだ。犬塚に相談したのも伊武のことだった。

全部何もかもあなたのためなのに。それなのに、どうして……。

「雑誌のこともテレビのこともある。あの番組のオンエアはもうすぐだろう。ただでさえ忙しくてなかなか会えないのに、これ以上先生が忙しくなったら……」

伊武は軽く首を振った。どうしたのだろう。酷く悩んでいるように見える。

「しばらくの間、俺と一緒に暮らさないか？　二十四時間、先生がどこにいるか、何をしているか把握しておきたい」

「それはちょっと――」

「そうか……」

ただでさえ伊武のことで悩んでいるのに、二十四時間一緒にいたら悩みすぎて頭がおかしくなりそうだ。これ以上は無理だと思う。伊武のことが好きすぎて、考えすぎて、自分が処理できる許容量を超えてしまっている。

「ああ……俺は先生をそんな顔にしたかったわけではないんだ。ああ……」

伊武は額に手を当てると下を向いた。怒っているというよりは自分を責めているように見える。

「すまない。さっきの言葉は忘れてくれ。俺も疲れているようだ」

「はい……」

伊武は石像のように動かなくなった。

コーヒーショップで一時間ほど一緒に過ごし、店の外へ出た。

店の前の横断歩道で別れる。今日はこのまま電車で帰るつもりだった。

「じゃあ、また。時間のある時にゆっくり話しましょう」

「そうだな」

「今日は会えて嬉しかったです」

「俺もだ」

信号が変わる。惣太は慌てて横断歩道を渡った。

渡り切った所で後ろが気になって振り返った。伊武は道の向こう側で惣太のことを見ていた。

――やっぱり……。

風が吹く。硬い伊武の前髪はほとんど揺れなかった。

手を振ろうとして……挙げそうになった右手を下ろす。

この距離はなんなのだろう。本当になんなのだろう。近いのに、遠い。凄く……遠い。

惣太は無意識のうちに叫んでいた。

「俺、好きです」

冬の乾いた空気に自分の声が混ざった。夜の歩道に響いた声はすぐに風で吹き消された。

伊武はじっとこちらを見ている。聞こえているのかいないのか分からなかったが、そんなことはどうでもよかった。

「俺、伊武さんが好きです！」

大きな声で叫ぶ。

やっと言えたとそう思った。

パンパンに膨らんでいた胸が徐々に和らいでいく。苦しかった気持ちが言葉とともに外へ出た。

――ああ、そうか。

ずっと言いたかったんだ、俺。

この言葉が言いたかった。

好きだと、ただその一言が言えなかった。

言えなくて苦しかった。苦しくてたまらなかった。

でも、言えた。

「伊武さんが好きです」

目の前を大きなトラックが通る。

二人は横断歩道を挟んだまま、しばらくの間、じっと見つめあっていた。

7. 火中の栗を拾う

テレビの反響は確かに凄かった。

　これだけネットやその他のメディアが発達している時代とはいえ、無料で誰もが観ることのできる媒体の普遍性と底力を感じた。外を歩いているだけで同業者から声を掛けられるのはもちろん、取引業者や他院の患者からも反響があり、惣太が担当する曜日の外来者数は驚くほど増えた。取材や講演会の依頼も日増しに多くなり、自分一人では対応できなくなったため、秘書を二人つけてもらえることになった。講師である立場でそれは異例のことだった。

　日常の業務の間をみて各メディアの取材も引き続き受けた。骨粗鬆症の予防法や健康寿命を延ばすための生活等について細かくアドバイスし、医療系ではない一般の雑誌にも寄稿した。何か学術的な深みのある提唱ではなかったが、整形外科にスポットライトが当たり、大学病院をはじめ他の医師や患者のためになるならと、惣太は気持ちを新たに、自らに与えられた仕事を粛々とこなした。

　ロコモと呼ばれる運動器症候群《ロコモティブシンドローム》の概念がこれほど世間に認知されたのも、それを提唱する人がいたからだ。医師として怪我や病気の治療だけでなく、予防といった観点から医療を普及させていくことも大切なことなのだと惣太は考えを改めた。

　カレンダーが四月になる。

伊武とは小まめに連絡を取りながらも、仕事が重なってなかなか会えなかった。そんな中、久しぶりに実家から連絡があった。毎月開いている和菓子教室の手伝いに来てほしいと頼まれたのだ。

惣太の実家である和菓子屋『霽月堂《せいげつどう》』は三代続く老舗の和菓子屋だ。茶会で使う主菓子や干菓子、金平糖を専門に手掛ける菓子司だが、毎月二十人程度を募って和菓子作りの体験教室を開いている。バスツアーに組み込まれることもある人気の教室だ。今回はなぜか申し込み人数が多く、人手が足りないと言われて兄の凌太に駆り出された。

「惣太、こっちだ」

濃紺の作務衣を着た兄に声を掛けられる。

「何を手伝えばいい？」

「ああ、そっちの練り切りの餡を一人分に分けてくれ。あと、栗饅頭用の餡も」

「分かった」

惣太は調理白衣に着替えて手洗いを済ませると作業場に立って手伝いを始めた。

「なんで人数が増えたの？」

「社長さんのお願いなんだ」

「社長さん？」

「ああ」

嫌な予感がして心臓が止まる。変に勘ぐられないように手は動かしたままだった。

「それって……例の？」

「そうなんだ。D&T《ドラゴンアンドタイガー》ファンドの社長さんだよ。なんか知り合いを連れて和菓子教室に参加したいって言うから断れなくてな」

「そ、そうか」

「けど、不思議なこともあるもんだよな。この商店街をハゲタカファンドから守ってくれた投資会社の社長がおまえの患者だったなんて。まあ、これも一つの縁だな」

「は、はは……そうかもな」

兄は、凄くいい人だよなと続けた。

惣太の兄と両親は二人が付き合っていることをまだ知らない。伊武がヤクザであることも知らなかった。純粋に買収劇でナイトの役割を果たした社長がたまたま惣太の患者だったとそう思っている。

いつか説明しようと思っているが、今はまだ話せなかった。男と付き合っていると、弟想いの兄が知ったらどんな反応をするか考えただけでも恐ろしい。平穏で慎ましやかな生活をするのをよしとしている両親にも打ち明けることはできなかった。

——ま、いずれは話さなければいけない日が来るけどな。

それまで様子を見ようと惣太は考えていた。

「お、来たな」

店の入口を見ると藍色の暖簾を潜ってくる集団が見えた。スーツを着た男が三十人ほど、その中には伊武はもちろん田中や松岡もいる。

普段、和菓子教室に参加するのは主婦や婦人会などのお年寄りが多い。それが高そうなスーツを身に纏った強面の男ばかりで、趣のある店内が一種異様な雰囲気に包まれた。にもかかわらず兄は平然としている。職人気質の兄は少し鈍感で空気の読めない所があった。

「皆さん、奥のテーブルへどうぞ。本日、実演を担当させて頂く、店主の高良と申します。どうぞ、よろしくお願いします」

兄が挨拶するとスーツの集団がぞくぞくと中に入ってきた。長テーブルに置かれた紙皿の前に順に座っていく。

「なんか皆さん、極道みたいですね」

え？　いきなり？

空気を読まない兄の発言に度肝を抜かれる。

知らないのをいいことに、兄は店の中がアウトレイジっぽくなりましたねと笑っている。

兄ちゃん……その言葉は求肥に包んでから発言してくれと心の中で突っ込む。

「社長さん、本日はありがとうございました。あ、組長かな、はは」

「若頭だ」

おい、やめろ！　おまえもか。

伊武は真面目な顔で答えている。

二人ともう黙れと惣太は目線を送ったが、兄も伊武も気づいていないようだった。

「皆さん、まずテーブルの上にある紙エプロンを着けて下さいね」

そう言われたヤクザ三十人が大人しく紙エプロンを着ける。丸くカットされた紙エプロンが赤ちゃんのよだれかけのようで可愛らしい。その姿でずらりと並ぶと、紙皿と紙コップのせいか牧歌的な雰囲気が増し、惣太は思わず吹き出しそうになった。

せいいちろうくん、おたんじょうび、おめでとう！　——の会、みたいになっていて笑える。

「それぞれおしぼりを用意してありますので、手を拭いて下さい。終わったら、まず練り切りの成形から実演しますね。今回は手と竹串、割り箸を使って作っていきます。桔梗・椿・牡丹・菊が作れますが、皆さん何がいいですか?」

牡丹！　と低い声が重なる。さすがヤクザだ。チョイスに迷いがない。

「では、牡丹を作ってみましょう。皆さん、目の前にある餡を手に取って、手のひらで丸く転がしてみて下さいね」

兄が皆の前で実演する。惣太もそれに倣って兄とは違う場所で作ってみせた。黄色の餡を中に外側をピンクの餡で包む。両手をコロコロしていると周囲がざわつき始めた。

かわいい……カワウソ……仕草ヤベェ……マジ天使……と声が聞こえる。

どうしたのだろう。ヤクザ全員が毒気を抜かれたように、ふにゃりと脱力している。

「高良先生はこっちへ！」

急に伊武の声がした。すぐに来いと目だけで訴えられて大人しく従う。伊武の隣に座って両手をコロコロした。成形のやり方を教えようと上目遣いで見ると、伊武は矢に打たれた野武士のように動かなくなった。

「……コロコロをやめるんだ」

「へ？」

「それをやめろ」

どうしたのだろう。教え方が気に入らないのだろうか。

近くにいる松岡が口元に手を当ててクスクス笑っている。意味が分からない。

「中の餡が隠れたらこんなふうに少し平べったくして下さい。竹串を使って花弁を成形していきますよ」

兄が手際よく説明していく。器用なもので、皆上手に牡丹の形を作っていく。伊武は無言で手を動かして練り切りを完成させた。

皆の完成を待って、次は栗饅頭を作った。中に餡を入れて皮で包み、表面に卵黄を塗って焼く。こうすると栗形をした饅頭が艶のある美しい焦げ茶になるのだ。下部にはケシの実をつけてリアルさを出す。さっきよりも砕けた雰囲気で饅頭を作り始めた。兄が伊武に話し掛ける。

「社長さんは弟と知り合いなんですよね。医者の惣太はどんな感じでしたか？　俺、働いてる所、見たことないんですよ。ちゃんとやれていましたか？」

「高良先生は皆から尊敬されている優秀なドクターだ。オペの技術は高く、親切丁寧な上に、可愛い」

「可愛い？」

「いや、いいんだ」

伊武はコホンと咳をした。

「家では結構、我儘っていうか自由なんですよ、惣太は。いつも炬燵でゴロゴロしてそのまま寝たり、俺に上まで持って運べ～って甘えたり。休みの日なんか頭の先しか見えなくてほとんど炬燵から動かないんですよ。気配まで消えるんで、ここにいた頃は何度、こいつの頭を踏みそうになったか」

「兄ちゃん、もういいからっ」

余計なことを言わすまいと声を掛けたが無視される。

「この歳になってもまだ大学病院にいて、彼女の一人も作れないんですよ。もう、三十三なのに。社長さん、誰か紹介してやって下さい。お願いします」

兄は伊武に向かって頭を下げた。

「高良先生はどんな人が好みなんだ？」

伊武が兄に尋ねる。兄はニヤニヤしながら答えた。

「こいつ脚フェチです。骨格が綺麗な女が好きだとかなんとか。背の高いモデルみたいな女が好きみたいです。昔、他の科の女医に誘われて――」

「兄ちゃん、もういいから！」

「なんだよ、こうでもしなきゃ、おまえに恋人なんかできないだろ。俺がせっかく頼んでやってるのに。おまえが惚れてた人形屋の渚ちゃんだってもう嫁に行ったぞ！」

「惚れてた？　先生が、か？」

「そうなんです。初恋の子で渚ちゃんといって凄く可愛い娘だったんですけど、惣太が――」

「初恋……可愛い……渚ちゃん……」

ふと伊武の手元に目をやると栗饅頭がぐしゃりと潰れていた。手がぷるぷるしている。

「あ、あはは。これ、直しましょうねー。俺がやりますから。は、ははっ」

惣太は伊武の指を一本一本開いて潰れた栗饅頭を取り出した。へらを使って綺麗に成形し直す。壊れたものを直すのは得意だ。

その間も伊武は目を合わせてくれなかった。どうしたのだろう。様子が変だ。

無事に全員が作り終わり、饅頭を業務用のオーブンに並べて焼いた。焼き上がりを待っていると松岡から声を掛けられた。

「まさに火中の栗を拾う、ですね」

「え?」

松岡はオーブンの覗き窓を見ながら笑っている。

伊武や他の組員たちは店の奥でお茶を飲みながら休憩していた。作業場で松岡と二人きりになる。

惣太は思い切ってこれまでのことを相談してみた。

「伊武さんは何を怒っているんでしょう。俺、もうよく分からなくなってきました……」

惣太は素直に本音を漏らした。

「雑誌のことで浅はかだと怒られたり、犬塚のことで叱られたり……まあ、あの連絡を無視した犬塚の件は確かに俺が悪かったですけど……テレビのこともあって、二十四時間何をしているか把握したいと言われたり、今日もまた……はぁ、俺、これからどうしたらいいんでしょうか」

松岡は口元だけで笑っている。

「俺、伊武さんに信用されていないんでしょうか？」

「…………」

「もしそうだとしたら、俺は何をすればいいんでしょう」

「…………」

「伊武さんを怒らせてしまったのは、やっぱり俺のせいなんですよね？」

「…………」

「松岡さん、聞いてますか？」

「…………」

松岡は答えてくれない。じっとオーブンの窓を覗いたままだった。

惣太は大きな溜息をついた。

あの日、ちゃんと聞こえたかどうかは分からない。

けれど、好きだと言った。

自分の気持ちを伝えた。

それで全てが上手くいくと思ったのに、何も変わってない気がする。

自分の想いが伝わらなかったのだろうか。だとしたら凄く悲しい。

ぼんやりしていると松岡から声を掛けられた。

「そろそろ焼き上がりますね。答えが出ましたよ」

「え？」

「オーブンを開けて下さい」

焼き上がりの電子音とともにオーブンを開ける。伊武組の組員たちが焼いた栗饅頭がずらりと姿を現した。甘くて香ばしい匂いがする。本物の栗のように艶やかに焼けた饅頭は凄く美味しそうだ。

その中に一つだけ焦げた饅頭があった。伊武が握り潰してしまったため、惣太が作り直したものだ。潰れたせいで皮と餡が混ざってしまい、表面が焦げたようだ。

「外はこんがり、中はふっくら、溢れんばかりのジェラシーがはみ出していますね。ふふ」

松岡はそれを見て楽しそうに笑っている。

「高良先生、ご覧になって下さい。若頭の嫉妬でこんがり焼けましたよ」

「へ？」

——嫉妬でこんがり焼ける？

どういうことだろう。言っている意味が分からない。

「嫉妬ってあの……どういう」

「若頭は高良先生のことが好きすぎて、少しおかしくなっているんですよ。ふふ」

おかしく？

どういうことだ。怒っているんじゃなかったのか。

「先生のことが好きで、好きで好きで仕方がなくて、その全てをご自分のものにされたくてたまらないのでしょう。先生を他の誰にも見せたくない、触らせたくない、自分のものだけにしておきたい。できることなら宝物のようにどこかに隠してしまっておきたい。狂おしいほどの一途な愛です。若頭のお気持ち、お分かりになりますか？」

「分かりません」

「嫉妬です」

「嫉妬……」

「愛ゆえの嫉妬です」

「あ、あの伊武さんが、嫉妬って……まさか」

松岡の言葉は俄かには信じられなかった。

「そうです。大好きな先生をどなたにも渡したくないのでしょう。ですが、そんな自分に絶望してらっしゃる。格好悪い所を先生に見られまいと踏み止まっている。ですが、もう限界のようです」

「限界……」

「ご自分の気持ちが、ご自分でもコントロールできない。軽いパニック状態です。それほど先生のことが好きで好きで仕方がないのでしょう。若頭のお気持ち、どうか分かってやって下さいね」

「あ……あの、全部何もかも、俺のせいじゃないんですか？　俺が下手くそだったり、伊武さんの気持ちをよく考えなかったり、恋愛を知らないせいで無駄に心配を掛けたり、そういう所が伊武さんの心を苛つかせて、俺を信用できなくさせ――」

「違います」

松岡は穏やかな笑顔で首を横に振った。

「決して先生のことを信用していないわけではありませんよ。色々なことが重なった上に、テレビやその他のことで先生が有名になられて、自分の手から離れていくような、そんな寂しさを感じてらっしゃるのでは」

本当だろうか。よく分からない。

「不思議ですね。人を好きになるというのは。若頭とはもう何年もご一緒していますが、あんな若頭を見るのは初めてです。恋をして我を忘れてらっしゃる。ですが、これは本当に尊いことです。素晴らしいことです。人は一生で何度、そのような恋ができるのでしょう。少なくとも私はそのような恋愛をしたことがありません。そして、これからできるかどうかも分かりません。それくらい尊いことなのですよ」

——それくらい……尊いこと。

心の底にストンと何かが落ちた。

そうなのかもしれない。

恋愛の経験がないせいか、松岡と同じ切実さでそれを理解することはできなかったが、伊武と自分との恋が特別なものであることは分かった。

二人は患者と担当医で、伊武組の若頭と大学病院に勤務する外科医で、男同士だった。その三つの壁を二人の愛で乗り越えた。

——伊武さんだけじゃない。俺だって努力した。二人で頑張った。

泣きながら告白をした、あの夜。
運命の赤い糸を何があっても離さないと思った。離したくないと思った。
自分の人生でたった一つの恋だとそう思ったから。
これを大切にしたい。
失くしたくない。
何があっても絶対に失いたくない。
自分のするべきことはなんなのだろうと、惣太はもう一度、考えた。

8. その正体を知る

和菓子の体験教室の後、松岡が気を利かせてくれた。お二人だけで少し散歩でもされてみてはと促され、隅田川沿いを伊武と二人並んで歩いた。煩雑とした高速の高架下を抜けて石畳の道を永代橋に向かって歩く。伊武がいつもよりゆっくり歩いてくれるのが分かって嬉しかった。

店が見えなくなった所でそっと手を繋がれた。

恥ずかしさと緊張でふっと俯く。

温かく大きな手に外側から握り込むような形で包まれた。父親が子どもの手を取るような優しい仕草だった。

——嬉しい。

こんなことが嬉しい。そして幸せだと思う。

ふと、気づいた。

今までこんなふうに思っても、それを口にしたことがなかった。言う必要がないと思ったし、伝え方もよく分からなかった。これを言ってみればいいのかと思った。勇気を出して言葉にしてみる。

「嬉しいです」

「どうした」

「こうやって伊武さんと並んで歩けるだけで、嬉しいです」

「先生?」

「凄く嬉しいです」

信号が赤になり、横断歩道の手前で止まった。伊武の目を見る。

自分はきっと今日もパプリカちゃんだろう。赤くておかしいかもしれない。変だとからかわれるかもしれない。何をするのも下手くそだと、そう言われてしまうかもしれない。別に構わない。それが嫌だと思うのは自分に変なプライドがあるからだ。医師として男として捨てられないプライドがあるからだ。

でも、もうそんなものは捨ててしまおう。伊武の前では綺麗さっぱり捨ててしまおう。上手くやるとか考えるのもやめよう。下手くそなのは事実だし、繕っても隠せるものではないのだから。

伊武の前では素直でいよう。ありのままの自分でいよう。

惣太はそう思った。

尊い恋を失わないために、自ら一歩踏み出そう。

今、ここから――。

「こうやって手を繋ぐだけで幸せになれます。伊武さんが隣にいてくれるだけで、そこが天国になる」

「先生……」

伊武が溜息を洩らす。

右手は繋いだまま、もう片方の手でそっと抱き寄せられた。伊武の肩口に自分の鼻先が当たるのが分かった。スーツを着た伊武の、少しだけよそ行きの匂いがして胸がいっぱいになる。自分が好きな伊武の匂いだった。

今は昼で、道には人通りがある。酔っ払ってもいない男二人が抱き合っている。そんなことは、もうどうでもよかった。

「好きです。伊武さんが好き……」

往来を車が行き交う音がする。ぬるい排ガスの匂いさえ切なく胸に迫った。

「惣太……」

四月のどこか不安定な風が吹く。日差しは温かなのに耳朶だけが冷たかった。

伊武はしばらくの間、じっとしていた。


伊武は惣太の手を引いて、どこまでも歩いた。

惣太はそんな伊武に黙ってついていった。どこに行くのか、何をするのか、聞く必要はなかった。その背中を信用できたし、伊武がただ怒って沈黙しているわけではないのが分かった。本当に気のせいかもしれないが、それが分かった。伊武の視線や歩調、態度の全てに愛情を感じた。惣太を好きだという感情が伊武のそこかしこから溢れていた。

隅田川の両脇に整備された散歩道のテラスまで下り、鉄製のベンチに並んで座った。水面が午後の光を反射して、行き交う屋形船を浮かび上がらせている。その姿を二人でぼんやりと眺めた。

「ずっと怒っているのかと思っていました。今もまだちょっと思ってます」

惣太が尋ねても伊武は黙っている。

「今日のこともそうですけど、これまでずっと伊武さんは俺に怒っているというか、不満を持っているんだと思っていました。俺が色々、上手くできなかったから……。名前を呼んでと頼まれているのに呼べなかったり、甘えたり可愛くしてみてくれと言われてもできなかったり、キスやそれ以外のことも……下手だったり。雑誌やテレビに勝手に出たことも、あのDVDや犬塚のことも不愉快に思っていて、それでまた機嫌を悪くしたのだと、俺に失望したんだとそう思っていました。俺のことが信用できないのかもと考えたり、悩んだりもしました。伊武さんは恋人として至らない俺に本当は苛立ってるんじゃないかって……。伊武さんの本心はどうなんですか？　やっぱり怒ってるんですか？」

「苦しい……」

「苦しいんだ」

伊武がぼそりと呟く。その意味が分からず、惣太は伊武の顔を見た。

「え？」

「こんなことは初めてで自分でもよく分からない。とにかく苦しいんだ」

「脚の調子はいいですよね。すっかりよくなりました。他にどこか問題でも？」

「違う」

伊武は軽く首を振った。

「仕事が手につかない」

「え？」

「先生のことが心配で仕事が手につかないんだ」

伊武はすっと視線を逸らした。

どこか焦点の合っていない瞳から困惑の雰囲気が見て取れる。

伊武が本気で戸惑っているのが分かった。

——え？

伊武が発した言葉の意味を考える。

これは冗談じゃないよな……。

まだ信じられない。

伊武のそんな顔を見るとは思ってもみなかった。

惣太に深く悟らせまいと繕ってはいるが、男の横顔に濃い苦悩の色が見える。下を向いた睫毛が微かに震えて、喉仏が小刻みに動いた。

——これは……。

惣太の心にさざ波が立つ。

「できれば一緒に暮らしたい。二十四時間、一緒にいたい」

「あの……」

「犬塚氏のこともそうだったが、先生が事件や事故に巻き込まれたのではないかと想像するだけで肝が冷える。心配で夜も眠れない。今も不安で仕方がない。常に先生が無事だと知っておきたい。俺の知らない先生がいるのがたまらなく不安だ。セキュリティをつけたい」

考えすぎだと思った。自分はヤクザの組長でも国家の要人でもない。誰かから命を狙われるようなことは絶対にない。伊武組の特殊部隊〝下っ端〟でも出す気だろうか。

「……あ、あの、伊武さん。俺は伊武さんみたいにどこかの組織に狙われるようなことはしていません。だから普通に暮らしていたら、事故や事件に巻き込まれることはないです。安心して下さい」

「絶対にないとは言い切れない」

「それは、そうかもしれませんが……」

どうしたのだろう。少し変なゾーンに入っている気がする。

——伊武さんは俺をどうしたいんだろう……。

分からない。分からないけれど、胸が騒ぐ。

「怒ってないんですか?」

「怒ってはない。だが——」

伊武はそこまで言って、また黙り込んでしまった。

重い沈黙が続く。

沈黙の中でお互いの言葉や想いが募っていく。惣太はその重みを感じながら伊武に対して音のない言葉を繋いだ。心の中の言葉や想いはいつも真っ直ぐだ。絡まりもすれ違いもしない。今までずっとこうやって伊武に話し掛けてきた。自問自答しながらも心の内で思っていることはただ一つ、伊武が好きだということ。本当にそれだけだった。

同じように伊武が一人、心の中で葛藤しているのが分かった。不意に口を開く。

「これは嫉妬だ」

「え？」

「この胸の奥底で渦巻く感情は多分、嫉妬だ。……先生が持っていたDVDの男優や立派なオブジェに、先生の一晩を奪った犬塚氏に、先生のことを可愛いと言う組員たちに……雑誌やテレビを観て、先生を可愛いと絶賛する世間に嫉妬している。先生を求める人々に激しく嫉妬している。ジェラシーが止まらない」

「伊武さん……」

松岡が言っていたように嫉妬していたのは本当のようだ。

伊武はその渦に飲み込まれまいと額に手を当てた。重い溜息をついている。

「俺はただ、先生を幸せにすることだけを考えている。いつでも先生を助けられるようにシノギをやって、組員たちをしっかりと食わせ、環境を整え、先生を一番いい状態で嫁に迎えられるようにと考えている。いつも先生のことを一番に思っている。温かい太陽のような心で、おおらかな愛で、先生を包みたい。そして守りたい。男気とは、態度や言葉や見た目のことではなく、精神的に相手を包んでやれる上品な優しさのことだ。俺はそんなふうに先生を守りたい。愛したい。温かな太陽でいたい。だが、もう駄目だ。心が暗黒面に落ちそうだ」

職業は充分、ダークサイドだがなと惣太の暗黒面も囁いた。

「先生を無意識のうちに縛りつけようとして、頭の中にチェーンや麻縄が出てくる。俺は先生を真綿で包みたいのに……一体、どうしてしまったんだ」

苦悩が濃い。バックにツィゴイネルワイゼンが聴こえてくるようだ。伊武のバイオリン姿で想像してしまい、思わず笑いそうになる。同時に胸がじわっとして鼻の奥がツンと痛んだ。喉の奥に海が広がる。涙の味だと思った。

——嬉しい。

伊武の素直な言葉が嬉しかった。

笑いたい気持ちと泣きたい気持ちが交互に襲ってくる。こんなことは初めてだ。自分でもどうしたらいいのか分からない。体が震える。ただ、心臓の裏側から温かいものが込み上げてくるのが分かった。それは目の前の男を愛おしいと思う気持ちだった。

なんて純粋なんだろう。なんて可愛いのだろう。

大の大人が、ヤクザの若頭が、嫉妬に苦しみ、それを見せまいと頑張っている。惣太を思って、なんとか踏み止まろうと心を砕いている。嫉妬と理性の狭間で揺れながら、それでも自分ではなく恋人のことを一番に考えている。

——嬉しい。

こんなふうに愛されて自分は幸せだと思った。

本当に幸せだと思った。

伊武はその後も矢継ぎ早に言葉を繰り出してきた。少し戸惑いながら、それでも言葉を選んで。全ては惣太のためだった。真剣な顔で、こんな川べりのベンチで、スーツ姿の男が一生懸命、惣太に引かれまいと言葉を繋いでいる。なんとか気持ちを理解してもらおうと必死になっている。その一途さと真摯さに心が動かされた。

伊武の愛が嬉しい。伊武の愛が温かい。

嫉妬する姿も苦悩する姿も、全てが可愛く愛おしかった。

——ああ、そうか。

二人はずっと回っていたんだ、と思った。

赤い糸を間に挟んでぐるぐると回っている。

お互いを思うあまり、こんがらがって訳が分からなくなって、何もできずにただ回っている。真っ直ぐ、一本の線でお互いを思いあっているのに、引き合う想いの強さのせいで糸が絡まってしまっている。解き方はよく分からない。けれど、二人が思いあっていたことは理解できた。

「怒っていたわけじゃなかったんですね」

「もちろんだ」

この所ずっと続いていた、伊武の不機嫌の理由が分かってホッと胸を撫で下ろす。ようやく気持ちが晴れた気がした。

「自分を諫めることはあっても、先生に対して怒ったことはない。先生のことは、これまでもこれからもずっと大切に思っている。愛している」

糸が繋がっているのを感じる。自分の小指の先に火が点った気がした。

「二十四時間、監視されるのは困りますけど……いつか一緒に暮らすのは、俺も考えておきます。今すぐどうこうはできないけど、俺も伊武さんと一緒にいたいです」

「先生……」

「チェーンもいいですよ。一緒にお揃いの南京錠でも着けますか？」

「そんなことをしたら、先生が困るだろう。パンクでロックな外科医なんて信用できないだろ」

「確かにオペ室の中に着けては入れませんが、オペ中にパンクロックやデスメタルをかける外科医もいるんですよ」

「本当か？」

「はい」

惣太は伊武の目を見て微笑んだ。

うねるような春風が吹いて、伊武のスーツの上着をはためかせた。その風は惣太のシャツと心をふわりと膨らませた。

9. 愛に包まれて

——あれ、おかしいな。

惣太は仕事終わりの夜道で違和感を覚えた。

誰かに後をつけられているような気がする。自分を監視しているような強い視線と、他人の気配を背中に感じた。

慌てて後ろを振り返る。けれど、そこには誰もいなかった。

もしかして伊武が誰かを——と一瞬思ったが、自らその疑いを打ち消した。

伊武を信じたい。疑いたくない。伊武は裏から手を回して変なことをしたりは……しないはずだ。財力も特別な人海戦術も持っているが、それを悪用したりもしない。多分だが。

——うん。信じよう。

それからしばらくの間、同じような種類の気配を感じた。特に病院周辺で感じることが多く、惣太は少しだけ怖くなった。田中や松岡に相談してみようかとも思ったが、時間が取れずに相談できなかった。

事件は水曜日の正午、そろそろ外来が終わろうとする頃に起きた。

「この病院を吹っ飛ばしてやる！」

男の叫ぶ声が聞こえる。整形外科の高良惣太はどこかと怒鳴っているのが分かった。

突然、惣太の担当である外来・2診の扉が開き、背の低い男が侵入してきた。男は頭をハゲ散らかし、口の端に泡を溜めながら何か喚いている。しばらくすると、その男が惣太の医学部時代の同級生であることに気づいた。

――押切だ。

そういえば犬塚が押切の話をしていたなと思い出す。

押切は医学部時代に不正を犯し、それを惣太が咎めたことで柏洋大学を退学処分になっていた。

「俺はな、おまえのせいで人生が狂ったんだ！　おまえのせいで医者になれなかったんだ。それなのに、おまえはそんなことを綺麗さっぱり忘れてテレビになんか出やがって。偉そうにしたり顔で話しやがって……。浮ついた顔してムカつくんだよ。タレントでも気取ってるつもりか？　ああ？」

「コードレッドだ。警備員を呼んでくれ！　今すぐ患者を外に出せ！」

近くにいた看護師に叫ぶ。すると押切は黒のブルゾンを脱いで乱暴に放り投げた。黒い塊が勢いよく天に舞う。嫌な予感とともに男の体に視線を落とすと、胴体にぐるりと巻かれた納豆パックのようなものが目に入った。見た目がくそダサい。小学生が作った夏休みの工作みたいだ。

「警備員を呼ぶな。呼んだらこの腹に巻かれた爆弾の起爆装置を入れる。おまえらまとめてぶっ殺してやる！　建物ごと吹っ飛ばしてやるからな！　警察も呼ぶんじゃねぇ。おいそこの看護師、動くなよ！」

看護師がキャッと悲鳴を上げた。

「これはプラスチック爆弾だ。このクソみてぇな病院をおまえごと吹っ飛ばしてやる。これは外来棟を一棟飛ばすだけの破壊力があるんだ。皆まとめてオサラバだ！　ハハッ！」

押切がうぉーっと雄叫びを上げると周囲にいた人間が一斉に逃げた。

爆弾だ、C4だセムテックスだと、口々に叫びながら蜘蛛の子を散らすようにいなくなる。

――くそ、かつての同級生がハゲの爆弾魔にジョブチェンジしていたとは。

惣太も慌てて逃げようとしたが押切に羽交い絞めにされた。

「おまえも、この病院も、この世から消してやる。俺と一緒に、何もかもなかったことにしてやる。吹っ飛ばしてやるんだ！」

押切からはアルコールの匂いがした。アル中なのだろうか。起爆装置を持つ手がぶるぶると震えている。押切は惣太の首を腕で締めながら外来の診察室を出た。電子ロックのある保管庫へ惣太を引きずり込むと、中から鍵を掛けた。

狭い部屋で押切と二人きりになる。

「外科医は楽しいか？　タレント業は儲かるのか？」

押切はニヤニヤ笑っている。急に惣太の胸ポケットを指差した。

「佐原まだいるんだろ。それでアイツをここに呼べ」

佐原とは押切の論文の不正を見抜いた教授だ。その教授を呼べと脅してくる。

惣太が無視していると起爆装置を人質に押切が喚き始めた。教授を呼ばないなら病院を爆破すると何度も脅してくる。

どうせ爆破するんだろ、だったらさっさとやれよと思うが、外来棟の中には医療スタッフはもちろん患者や小さな子どもまでいる。吹っ飛ばされるわけにはいかなかった。とりあえず、この男を落ち着かせようと話し掛けることにした。

「おまえ、一体どうしたんだよ」

「どうしたもこうしたもねぇ、おまえを吹っ飛ばしに来たんだ。この病院ごとな！」

「それはさっきから何回も聞いてるが、どうして俺を吹っ飛ばす必要があるんだ」

押切はふんぬーと荒い鼻息をつく。

「俺はおまえのせいで医者になれなかったんだ。大学もクビになって、国家試験も受けられず、高卒のフリーターに成り下がった。この大学に払った金もそれまでの努力も何もかも水の泡だ。頭も見事にハゲた。全部おまえのせいだ！」

おいおい、急に左折するなよと思う。退学はともかくハゲたのは俺のせいじゃない。

「大学を退学処分になったのはおまえが不正を働いたからだろ。俺の責任じゃない。おまえがカンニングなんかしなければ、それで済んだんだ」

「違う！」

「何が違うんだよ。そのまんまだろ」

「カンニングは政治家の賄賂と一緒だ。バレなければ犯罪ではない！」

「だから、バレたんだろ？　だったら犯罪だ。全く、やるならもっと上手くやれよ」

「ちがーう！」

何が違うんだよ、このハゲ！　と罵倒の言葉が出そうになる。そこはぐっと我慢した。

「そんなに医者になりたいなら、今からでも勉強すればいいだろ。覚悟を決めて四十歳で医学部に入学してくる奴だっているんだ。おまえはまだ三十代だろ？　これから、なんだってできるんだ。諦めるなよ」

「うるさいっ！」

「ハゲだって気にすることはない。なんなら俺がいいヅラを探してきてやる。おまえが努力して国試に受かったら、お洒落なヅラをプレゼントしてやってもいいぞ。パンチでもアフロでも七三でも、好きなの買ってやるよ」

「ハゲって言うなーっ！」

「じゃあ、なんて言えばいいんだよ。頭髪の不自由な方か？　髪の生え方が不適切な人か？　おハゲにあらせられるとか言えばいいのか。そんなことを気にしてるからハゲ散らかすんだよ。いいか、ここで爆弾を吹っ飛ばしたらおまえも死ぬんだ。死ぬんだぞ？　人間死んだら終わりだ。おまえだってまだ終わりたくないだろ？　自分の人生に他人を巻き込むなよ」

「復讐してやる！　復讐してやる！　俺をコケにして、俺の人生を滅茶苦茶にして、それを忘れて幸せに過ごしている奴らに復讐するんだ！」

「本当に復讐したいなら、教授になってハイエンドなヅラ被って、高級な猫の背中でも撫でて、そいつらよりも幸せになることだ。最大の復讐は自分が幸せになることとなんだよ。分かったか、爆弾ハゲ野郎」

「うるさいっ！　出ろっ！」

押切は突然、惣太をドアの外に押し出した。惣太を羽交い絞めにしながら、そのまま周囲にいる看護師たちに怒鳴り始めた。

「おまえら、よく聞け。おまえらが尊敬しているこの医者はな、実は男と付き合ってるんだ！　どうだ、驚いたか。変態だ。コイツの本性を知って失望しただろ？　ハハッ！」

押切が得意そうに言うと周囲がざわつき始めた。

「コイツは真面目なドクターの顔して、ただのホモ野郎だ。この前なんか、その男と橋の上でキスしてたんだぞ」

押切がどうだ！　という顔をする。

すると――

知ってるし……伊武さんだよね？　……え、今更？　……キスって中庭でもしてたよね……車椅子で……そうそうお姫様抱っこのキス……あたし、あの画像持ってる……ＬＩＮＥで回ってきたよね……高良先生マジで可愛かった……きゅーんってなるよね……それに比べてあのハゲなんなの……気持ち悪い……。

「しかもな、その男は伊武組の極道だ！　ヤクザなんだぞ！」

押切が最後の切り札を出した。

だから伊武さんでしょ？　……プリンスで若頭……かっこいいよね……優しいしお金持ち……私

も好き……ホントにカッコいい……気遣い凄いもんね……スマートだし、超がつくほどのイケメンだし……そろそろ来るんじゃない……もう呼んでるでしょ、主任あたりが……チームドラゴンだもんね……。

「……な、な、なんなんだ、この病院は。クソッ！」

押切に後ろから腕で首を絞められる。その力は想像以上に強く、抵抗できなかった。腹に巻かれた爆弾も、本当に爆発するかどうか分からなかったが、下手に刺激するのは危険だと惣太は判断した。

「もう、もう、爆破してやる！」

押切の息が荒くなる。まずい。このままだと取り返しのつかないことになる。

押切が起爆装置に手を掛けようとした瞬間、廊下の向こうから声がした。

「先生ーっ！」

伊武の声だ。心臓がふわっと浮く。

「伊武さんっ！」

惣太は大声で叫んだ。

「先生！」

「伊武さんっ！」

廊下の奥に伊武が現れた。ゆっくりとこちらへ近づいてくる。

その雄姿がスローモーションのように見えた。

黒いシルエットが正義の輪郭をまとって光り輝いている。背後から眩い太陽の光が射しているようだ。違う、幻覚なんかじゃない。あれは本物の光明だ。磨かれた革靴の先が強い意志を持って一歩一歩近づいてくる。それに呼応するかのように惣太の心臓も高鳴った。

——ああ……伊武さんだ。

スリーピースのスーツ姿がキラキラと輝いてカッコいい。長い脚が地面を踏み締め、侠気と義憤が根を下ろしているようだった。うっとりするほど勇ましい男の姿だ。見ているだけで胸がキュンと音を立てる。

その両隣には田中と松岡もいた。

「先生に手を出してみろ。おまえを簀巻きにして東京湾の底深くに沈め、シャコの餌にしてやる!」

ああ、そのヤクザの定型文がここで聞けるなんて! といたく感動する。

押切にとっては『時すでにお寿司☆』と、シャコの寿司が脳裏に浮かんだ。どうしたのだろう。恐怖で脳が麻痺しているようだ。伊武の登場で妙な万能感に包まれている。

伊武が恫喝をやめた。

時間が止まる。

伊武と押切が近い距離で睨み合った。

「手を離せ」

「………」

「その手を離すんだ」

自分の背後から押切の荒い息遣いが聞こえる。むっとするような濃いアルコールの匂いが周囲に広がった。

「……ハハッ、ハハハッ、おまえら馬鹿だ。わざわざ飛び込んできやがった。ハハッ！」

押切の体が震えている。嫌な予感がした。

心臓が縮む。

「伊武さん、男の様子が変だ。皆を連れて外へ逃げて下さい。早く、今すぐ逃げて！」

「それは――」

「いいから、早くっ！」

伊武が躊躇をみせた瞬間、押切がうおーっと咆哮した。

「サラバだ。皆まとめてオサラバだ。ハハッ！」

押切が右手を高く挙げた。

皆の視線が注目する。

動きが止まり、息を呑んだ。

視界が白くなる。

押切の手が光に照らされたようになった。

瞬きで映像が明滅し、カットインとカットアウトを繰り返す。

押切の指がゆっくりと上がった。

その親指が起爆装置のボタンを――押した。

「キャーッ！」

悲鳴が上がる。

それぞれが頭を抱えた。

もう駄目だ、死ぬ。

俺は死ぬ。

世界が灰色になり、止まった。

――伊武さん、ごめん。俺のせいで本当にごめん。

――大好きだ。

――愛してる。

今、この瞬間も愛してる……。

最後に伊武の顔を見て逝こう。

そう思った瞬間、周囲の人のポカンとした顔が目に入った。

――え？

爆発してない？

恐る恐る振り返ると、真っ青な顔でへらへら笑っている押切の姿が目に入った。

「この野郎！」

「クソッ！」

伊武の怒鳴り声とともに我に返った押切が、再度、惣太の首を捉えた。抵抗も虚しく、そのまま保管庫の中に引きずり込まれてドアを閉められる。電子ロックが掛かる音がした。

「先生！」

「伊武さん」

小さな小窓から伊武の顔が見えた。

「先生、危ない！」

爆弾が不発に終わった押切が逆上し、後ろから惣太に殴り掛かってくる。それをよけようと惣太は床に転がった。保管庫の什器に脚がぶつかって色々なものが落ちてくる。しばらく揉み合っていると外から声が聞こえた。

「ドアを開けろ！」

「これ、電子ロックなんですぐには開けられないんです。警察が来るまで待ちましょう」

「そんなこと言ってられるか。中で先生が危険な目に遭っている。すぐに助けるんだ！」

「でも――」

ドアノブを引っ張る音がする。しばらく外でも格闘していたがドアが開く気配はなかった。

狭い部屋で再び押切と二人きりになる。爆破は免れたが新たな恐怖が惣太の胸に迫ってきた。

「こうなったらおまえだけでも構わない。今すぐ消してやる！」

「うわっ！」

我を忘れた押切がつかみ掛かってくる。惣太は倉庫の中にあるものを投げつけて応戦した。やられてたまるかと戦国武将魂が湧いてくる。

「爆弾魔は失敗だったな」

「うるさい！」

「それ納豆パックか？　三つで九十八円のやつだろう？　絶妙にダサいな」

「ちがーう！」

「見た目が夏休みの自由研究みたいだぞ」

にしても色々自由すぎんだろ、と心の中で突っ込む。

「諦めて出頭しろ。今ならまだ間に合う」

「俺はおまえのその正義漢じみた態度が嫌いなんだ。大嫌いだ！」

「嫌いでも構わないから、これ以上、罪状増やすなよ」

「うるさいっ！」

二人で薬品の入った箱を投げ合っていると外から声がした。

「俺が開ける」

どうやら伊武がドアを引っ張っているようだ。ドアノブがガタガタと音を立てた。

「くそ、開かないな。おい、田中。おまえも手伝え」

「はいっ！」

田中の声がする。

ドアが軋み、掛け声のようなものが聞こえた。

――うんとこしょ、どっこいしょ。まだまだドアは開きません。

「駄目だ。ビクともしないな。おい、松岡もだ」

「もちろんです。私でよろしければ、お手伝い致しましょう」

――うんとこしょ、どっこいしょ。まだまだドアは開きません。

「駄目ですね……そちらの看護師さんもいかがですか？」

「あ、私ですか？　はい、手伝います」

――うんとこしょ、どっこいしょ。まだまだドアは開きません。

「頑丈ですね。事務員の方もお呼びしましょうか……」

外から何やら勇ましい掛け声とエールが聞こえてくる。ざわざわと人が集まってくる気配がした。

「あなたも、ああ、そちらの方も。このロープを持って」

「では、皆さん、行きますよ。力を合わせて、いざ、未来への扉へ！」

「掛け声もご一緒に！」

「うんとこしょ、どっこいしょ」

「うんとこしょ、どっこいしょ」

声が揃っている。それが大きなうねりになってドアが動き始めた。

「クソッ、なんなんだあれは」

押切が忌々しそうに舌打ちしている。

その間もドアの軋みがどんどん酷くなる。

地鳴りがして床が揺れ始めた。

掛け声も大きくなる。

――うんとこしょ、どっこいしょ。

――うんとこしょ、どっこいしょ。

それでもドアは開きません。

――うんとこしょ、どっこいしょ。

――うんとこしょ、どっこいしょ。

とうとうドアは開きました。

保管庫の中に明かりが洩れた。惣太にはそれが天国の光に見えた。

「先生ーっ！」

その瞬間、歪んだドアの隙間から伊武が飛び出してきた。あっという間に二人の距離が近づく。

両手ですくうように抱き上げられ、体がふわりと浮いた。

「伊武さんっ」

「怪我は？　どこか痛い所はないか。大丈夫か？」

「大丈夫です」

「ああ、先生。ああ、先生が無事だった。ああ……」

「伊武さん、俺――」

「よかった。無事でよかった」

ぎゅっと力強く抱き締められる。体を引き絞るような力の強さに喉が震えた。汗の匂いとよく知った伊武の匂いで胸がいっぱいになる。安堵と嬉しさで涙がこぼれた。

「先生……可哀相に……怖かったな」

「うっ……伊武さん……苦し――」

「ハゲの爆弾魔に捕まった上に、狭い部屋の中に閉じ込められて……可哀相に。怖かったよな。怖かっただろう？　ああ、だが、よく頑張った。頑張ったな」

「伊武さん……」

伊武は可哀相に可哀相にと繰り返し呟いている。

どうしたのだろう。涙が止まらない。

「先生。もう大丈夫だ。安心していい」

伊武が大きな手で頭を撫でてくれる。

その手が震えているのを感じた。恐怖ではない。安堵で震えているのが分かった。

――自分の命を顧みず、助けてくれたのに、この人は……。

今もまだ惣太のことを心配している。

自分のことではなく惣太のことを心配して震えている。

それが分かってまた涙がこぼれた。

――なんて優しいのだろう。

ああ、この男はそうなんだと思った。出会った日から一日たりとも、この男から思われない日はなかった。惣太のことを常に一番に考え、自分を顧みず、ただその幸せだけを願ってくれた。凝り固まっていた惣太に、人生の遊びの大切さを教え、人を愛することの意味を教えてくれた。たくさんの美しい景色と温かい気持ちを与えてくれた。それは見返りを求めない手放しの愛だった。

伊武の優しさの中で自分は生きていた。

——なんて凄いものを俺はもらっていたのだろう。

誰かの幸せを願う時こそ、人の本質が現れる。男の度量が見える。

伊武は誰よりも強く、誰よりも優しい男だった。それが分かった。分かって、たまらなく嬉しかった。

伊武が、助けてくれた。また、助けてくれた。

やっぱり、この人が好きだ。

どうしようもないほど、好きだ。

誰よりも優しい伊武が本当に——好きだ。

惣太は伊武の胸の中で涙も拭わずに泣き続けた。

「先生は俺といるべきだ」

伊武が腕の中でそっと頬ずりしてくる。自分の涙の冷たさを感じ、続いて伊武の頬の温かさを感じた。

「先生を守りたい」

「伊武さん……」

「一緒に暮らそう。いつもどんな時も、俺の傍にいてくれ」

伊武の言葉が意味を持って胸に迫った。
――一緒に暮らそう。
それは一人の男の身勝手な独占欲ではなかった。
伊武があの日に話した、精神的に相手を包んでやれる上品な優しさそのものだった。
チェーンでも麻縄でも構わない。
こんな愛に包まれて暮らせるならそれだけで――幸せだ。

10. 絡まった糸の行方

伊武が経営している屋形船で若手組員による慰労会が開かれた。組員二十人ほどが屋形船の中で騒いでいる。さすがに海賊船には改造できなかったが、船の中で天ぷらと鉄板焼きが振る舞われた。

「では、みなさーん。乾杯といきましょうか。グラスを上げて下さい。……おお、いいですね。今後も組員一丸となって伊武組の成長を目指し、邁進して参りましょう。ではでは、かんぱーい！」

若手の幹部が乾杯の音頭を取り、おおーっと低い声が重なる。

グラスを合わせる音がしてあちこちで明るい声が弾けた。

「惣太さんも飲んで下さいね」

田中が声を掛けてくれる。その隣では松岡が優雅にグラスを傾けていた。

狭い船の中を両手に何か持った伊武が近づいてくる。

「先生、エビの天ぷらだ。好きだろ?」

「あ、はい」

伊武が惣太の目の前にエビの天ぷらを何本も重ねてくれた。野菜とつけ塩も置いてくれる。

「揚げたてだ。食べてみろ」

「ありがとうございます」

箸を取り、大ぶりなエビに手を伸ばした。衣に歯が当たり、サクッと心地のいい音がする。

「どうだ?」

「あ、熱いですけど……ぷりぷりしていて、甘味があって凄く美味しいです」

「それはよかった。肉もあるから遠慮せずに食ってくれ」

「はい。ありがとうございます」

揚げたての天ぷらは体の力が抜けるほど美味しかった。カボチャやししとうも新鮮で美味い。夢中になって食べていると、田中がグラスを持ちながら隣に移動してきた。

「にしても、ヤバかったすよね、あの爆弾魔。ホントに爆発してたら、ここにいるメンバーは今頃、全員天国っすよ」

田中はハハッと楽しそうに笑っている。

田中の〝自分は確実に天国に行ける〟と考えるポジティブさは好きだったが、実際は笑い話で済まされない事件だった。押切が作った爆弾は本物だった。C4ではなく、それより安価に作れるC3だったが、爆発していたら多くの被害者を出していた代物だったと警察から告げられた。信管の動作不良のため、爆薬に衝撃が加わらず事なきを得たが、もし爆発していたらと思うと今でもゾッとする。

「単なる逆恨みっすよね。惣太さんが活躍しているのをテレビで観て頭に来たとかって。あまりの身勝手さに、俺の方が頭に来たんすけど。ああ、でも、ホントにカシラが助けに行けてよかったっすよね。警察が来るのもすげー遅かったですし」

押切は警察に連行された後、逮捕状が出て無事に起訴された。大学病院にハゲの爆弾魔現る！とマスコミにまで容姿を擦《こす》られて可哀相な気もしたが、きちんと反省して罪を償ってほしいと思った。

人を恨む時間や労力があるのならそれを自分のために使うべきだ。安易に人の人生を生きてはいけない。自分の人生を生きることが最大の幸福なのだ。

「とにかく一人の死傷者も出なくてよかったです。保管庫の薬品とドアが駄目になっただけで済んでホッとしました」

「けど、あのドア、凄かったっすね。なかなか開かなくて、俺も焦りました」

田中は無邪気な顔でロープを引く仕草をした。

「なんか子どもの頃に読んだ『大きなかぶ』みたいで楽しかったっすけど。結局、何人が引っ張ったんすか」

「十五人です」

田中の質問に松岡がしれっと答えた。ラグビーかよとこっそり心の中で突っ込む。

「でも、俺、分かりました」

今回の件で理解できたことがある。惣太は伊武の目を見て話した。

「『大きなかぶ』は人が協力することの素晴らしさを説いた絵本だったんですね。今まで気づかなかったです」

「そうだな」

「皆さんが助けて下さって凄く嬉しかったです。伊武さんが声を出して、松岡さんが皆を纏めて下さって、そのチームワークが最高でした。本当にありがとうございます。皆さんのおかげで事なきを得ました」

惣太は組員全員に向かって頭を下げた。あちこちから「姐さん、頭を上げて下さい」と聞こえる。自分の伊武組でのステータスはすでに姐さんなのかと、ふと疑問に思ったがそれはスルーした。

「よかったな」

「はい。特に伊武さんの掛け声がカッコよかったです」

「聞こえてたのか?」

「はっきりと」

伊武のうんとこしょは男らしく、どっこいしょには大人の哀愁が漂っていた。魅力を感じたと言うと伊武は横顔のまま、すっと背筋を伸ばした。可愛い。

「あー、俺も頑張ったのにー。俺も惣太さんに褒められたいっす。よかったって言われたいっす。カシラはともかく松岡さんだけ狡いです~」

田中が漏らすと、邪魔をするなとでも言うように松岡が横から田中の耳を引っ張った。イテテと声が聞こえる。もちろん田中にも礼を言った。

「お二人で外に出られてみては?」

松岡が気を利かせてくれた。

カラオケで盛り上がっている船内を抜けて二人で甲板へ出た。ほんの小さなスペースに並んで座る。ぼんやりと外を眺めていると、伊武が後ろから抱き上げて膝の上に乗せてくれた。

背中に伊武の熱を感じ、ドキドキしながらお尻でいい位置を探す。いつの間にか自分の体の一部が伊武の体にフィットするようになっていて驚いた。調和ではなく、ブロックのように体がぴたっと合う場所がある。

こんなふうに心と体が一つになっていくのだろうか。

だとしたら、凄く嬉しい。

本物の恋人になりたい。唯一無二のパートナーになりたい。そして、自分の体が伊武の一部になればいいと惣太は思った。

愛の行為ではまだまだ無理はあるけれど……。

伊武のそれは大きすぎてフィットというよりは、とにかく頑張って嵌った感があって凄い。嵌った瞬間、お互い安堵の溜息をついてしまうほどなのだ。ナマコの本気はあなどれなくて、実際の所、記録的猛暑の年に実ったヘチマみたいな存在感がある。硬いし、長いし、扱いに戸惑う。

結構な遅漏だしな……。

慣れる大きさではない。それは伊武のせいだ。自分が悪いわけではない。

「どうした？　急に体温が上がったぞ。寒いのか？」

「い、いえ……」

惣太は甲板から身を乗り出して、熱くなった頬を夜風に当てた。

乗船した時は夕方で沈む夕陽が綺麗だったが、今はもう真っ暗だ。暗い水面に屋形船の赤い提灯の光がぽつぽつと映っているのが見える。しばらく同じような風景が続いたが、高速の高架下を抜けると周囲が急に明るくなった。

「わぁ、凄いですね。綺麗だ……」

隅田川から見る東京の夜景は驚くほど美しかった。川面から上の道路を行き交う人々の姿や車が通り過ぎる様子が見える。建ち並んだ高層ビルの窓の中に働いている人の影がうかがえて温かな気持ちになった。人の日常が滞りなく進んでいるのを見ると安心する。誰もが自分の人生を一生懸命生きているように思えた。

船はどんどん河口へ向かい、永代橋を通ってお台場方面へ向かう。

伊武に抱かれながら夜景が水面に滲む様子を眺めた。

景色を眺めていて、ふと、心に落ちてくるものがあった。いい機会だと思い、惣太はこれまでの気持ちをそのまま話してみようと思った。

「素直になろうって思いました」

自分の声が夜風にふわりと溶ける。

惣太の突然の宣言に、伊武が「どうした?」と優しく訊いてくれる。

「伊武さんを好きになって、付き合うようになって……でも俺、伊武さんの名前も呼べなかった。好きだとも言えなくて、キスやその他のことも下手で……色んなことをしてあげたいのにしてあげられなかった。恋人として何もできてないなって思ったんです。色々思い悩んで、自分が情けなくなったこともありました」

簡単なことができない自分が恥ずかしかった。それを悟られるのも恥ずかしかった。男として変なプライドがあったからだ。

「下手と言ったのは愛情だ。何も知らない、慣れていない、真っ白な先生が、可愛くて可愛くてたまらなかっただけだ。あれは……愛おしくて尊くて、誰にも渡したくない、見せたくないと思う気持ちから出た言葉だ。つまり、俺のただの独占欲だ。本当のことを言うと、慣れてほしいとは思っていない。下手でも構わない。それでいい。それが可愛いんだ。そういう先生が俺は好きなんだ」

「そ、そうですか」

でも、やっぱり下手と言われるのはこたえる。

「こういう気持ちが分かるか？」

なんです？　と、今度は惣太が訊いてみる。

「水族館でコツメカワウソを見た時、あまりの可愛さに胸が掻き毟られて、無意識のうちに歯を食いしばっていた。可愛くて仕方がなくて我を忘れてしまった。その前にいると自分が自分でなくなるんだ。抱き締めたいのにそれができず、ただじっとしていることもできなくて、指の先がワキワキと変な音を立てる。どうしようもできない衝動に駆り立てられて、自分の喉を掻き毟りたくなる。甘い甘い苦悩だ。俺は先生といるとこの甘い苦悩に駆られる。衝動的に先生を抱き潰したくなって我慢しようとするが、どうしてもできない」

「はあ……」

小動物が可愛いように自分のことが可愛いのだろうか。

「先生を力いっぱい抱き締めて、その白い頬に頬ずりしたくなる。かぷっと噛んでしまいたくなる。強く抱き合ったまま芝生の坂を何時間でもコロコロ転がりたくなるんだ。分かるか?」

「うっ……どうでしょう」

ちょっと何言ってるか分からない。

「先生といるだけでたくさんの衝動に駆られる。好きだという気持ち、愛しているという気持ち、大切にしたい気持ち、守りたい気持ち、隠しておきたい気持ち、ただひたすら愛でたいという気持ち……もちろんその中には親のような無償の愛も、人としての嫉妬や、男としての欲望もある。一人の大人として、理性のある恋人として、いつも威厳のある姿でいたいと思うが、先生を前にすると、どうしてもそれができない。感情を整理する前に好きだという気持ちが溢れ出てしまう」

「分かります」

惣太も伊武といると様々な感情が溢れ出して、それがない交ぜになって、自分がどうしたいのか何をすればいいのか分からなくなる時がある。落とし穴に嵌ったみたいに身動きが取れなくなってしまうのだ。

「俺もそれが不思議で……凄く簡単なことがどうしてできないんだろうって、ずっと悩んでました。気持ちは真っ直ぐなのに、なんでこんなにこんがらがってしまうんだろうとか、好きなのにどうして伝わらないんだろうとか。雑誌やテレビのことや、犬塚のこともそうですけど、変にすれ違ってしまって」

「すれ違いか。確かにそうだな」

「近くにいるのに凄く遠くに感じたり、自分自身の中と外のギャップに悩んだりもしました」

「ギャップとはなんだ？」

「好きなのにそう見えないかなと」

「それはない。先生は俺のことがとても好きだ」

あっさり言い切られてしまった。

この自信はなんなのだろう。少しだけ腑に落ちない。

「先生のバイタルの平均値は体が覚えている。普段の体温や脈拍数、呼吸のリズムや顔色、全部分かる。だから、体温が上がったり、脈拍が跳ね上がったり、呼吸が速くなるだけですぐに分かる。こんなふうに――」

後ろからぎゅっと抱き締められる。うなじに軽くキスされた。そのまま耳の付け根を吸われる。

「あ、やめ――」

「もう、体が熱くなった。心臓がドキドキして……呼吸が速くなっている。顔は真っ赤だ」

「う……」

「先生はこんなにも俺が好きだ。体が好きだとそう言ってる。死ぬほど可愛い」

そうか、そうだったのかと思う。

悩むより先にちゃんと伝わっていた。思うような形ではなかったけれど、伝わっていた。恥ずかしいし、ちょっとだけ悔しいけれど、自分の気持ちが伝わっていてよかったと惣太は思った。

「伊武さんに伝わってるのなら……よ、よかったです。伝えるのが下手で、やり方も分からなくて、ずっと悩んでたので。でも、どんな時も伊武さんが一途でいてくれたから、俺もそうしようって思ったんです。ちょっと嫉妬はされましたけど、それも嬉しかったです」

「すまなかった」

「いえ。そんな伊武さんも好きです。自分が下手なのは当然で、だから、できなくて格好悪くても素直でいようって。変なプライドを捨てて、男だとか医者だとかいうプライドも全部捨てて、恋人として向き合いたいと思うようになりました。これって結構、大変だったんですよ」

惣太が笑うと伊武が小さな声で「ありがとう」と言ってくれた。

その言葉が嬉しかった。胸にストンと落ちる。

恋をしていたのだと思う。

あの日、松岡が言った尊い恋を。

——人は一生で何度、そのような恋ができるのでしょう。少なくとも私はそのような恋愛をしたことがありません。

二人ともそれが分かっていたのだと思った。

たった一度の恋だということを。

だからこそ、糸を引っ張った。

見失わないように、解けないように、必死の思いで手繰り寄せた。

強く強く、ただ相手のことだけを想って。

「あのＤＶＤも犬塚のことも、全部伊武さんのためだったんです。何もかも伊武さんのためにした

ことです」

「そうか……」

惣太はこれまでのことを全て素直に話した。伊武はそれを真面目な顔で聞いてくれた。絡まった結び目の正体を一つ一つ説明していく。硬い結び目は容易には解けなかったが、心はゆるりと解けていった。

「二人でこんがらがって絡まったせいで、もう離れられないですね」

「それは、なんだ？」

「赤い糸です。二人で知らず知らずのうちにぐるぐる回してしまって、お互いに巻きついて距離が近くなって、硬い結び目までできてしまって……もう解けないです。動けなくもなってますけど……なんかこれ、わざとやったみたいですよね」

惣太がそう言うと伊武は全てを理解したように微笑んだ。

「一生繋がっていられるように先生が暴れたのかもしれないな」

「伊武さんがですよ」

自分は不器用ながらも一歩踏み出した。あの日、横断歩道で好きだと告白し、本当は見せたくなかった恥ずかしい部分も見せた。自分の弱さと向き合って素直になろうと決めた。不器用ながらも少しは成長したのだろうか。

対等という言葉の意味が分かった気がする。

同じ熱量で人を好きになることはできない。ただ、同じように好きになることはできる。

二人が絡まりながらも均衡を保っていれば、それは対等と言えるのかもしれない。

——これでいいんだ。

耳元で愛していると囁かれる。

振り返ったタイミングでそっと唇を重ねられた。

まるでそうなるのが分かっていたかのようにぴたりとタイミングが合う。

——好きだ。

自分はこんなにも真っ直ぐに伊武のことが好きなのだと分かった。それが嬉しかった。

伊武の膝の上で角度を変えながら何度も唇を食まれる。

甘い甘いキス。

愛を伝え合うだけのキスは、どこまでも甘く優しかった。

伊武の手に頭の後ろを取られる。体を委ねるように惣太はそっと目を閉じた。同時に自分の想いが風船のように膨らんで夜空に高く飛んでいった。

11. それは、愛

夜九時。外来棟を出た小道で伊武のことを待っていた。

この所、仕事が忙しく、落ち着いて会える機会がなかった。SNSで毎日、メッセージのやり取りはしているものの、会いたい気持ちが募っていた。気がつけば長い間、伊武と関係を持っていなかった。それもあってか気持ちが酷く浮ついていた。

「先生！」

声が聞こえ、暗がりに大きなシルエットが見えた。スーツ姿の伊武が迎えに来てくれる。嬉しくてテンションが上がった。

「待ったか？」

「いえ」

「おいで」

優しく手を引かれる。駐車場までの道のりを並んで歩いた。

伊武と共に過ごすようになってから夜が好きになった。夜が来るのが嬉しい。一日の終わりがとても愛おしい。仕事終わりの疲れた体でも伊武と会えると思っただけで元気になれる。

促されて車の助手席に座った。伊武が運転席からシートベルトを着けてくれる。何気ない優しさが嬉しく、男の高い体温にドキリとした。

伊武の長い脚がアクセルを強く踏み込んだ。ランボルギーニの呻るようなエンジン音が聞こえる。アスファルトを舐めるように進む車の中で惣太は頼みごとをした。

「コンビニ、寄ってもらってもいいですか？」

「この車でか？」

「駄目ですか？」

「いや、構わないが」

伊武は普段、コンビニに行ったりはしないのだろう。何か必要なものがあれば部下である田中や松岡が買いに行くし、そんな場所で時間を潰すこともほとんどないのだ。けれど、伊武と日常を過ごしたかった。当たり前の時間を過ごしたかった。

ランボルギーニが地響きにも聴こえるエキゾーストノートをきかせながらコンビニの駐車場に入る。入り口でオラついているヤンキーたちが、その音に驚いてこちらを見た。車が止まり、ドアが上に跳ね上がる。変形ガルウイング、シザードアといわれるカッターナイフのような扉はランボルギーニの特徴だった。

運転席のドアから伊武がふわりと躍り出る。勢いでピンストライプのスーツの上着が跳ね、ぴたっと元の場所に戻った。カッコいい。ハリウッド映画のオープニングシーンのようだ。

「浮世離れ」

「圧倒的」

「歌舞伎すぎ」

ヤンキーは伊武を見て口笛を吹いた。兄さん、兄貴と呟いている。

続いて惣太がちょこんと出る。

その瞬間、ヤンキー全員がガクッと頭を落とした。そのままの姿勢でぶっと吹き出す。

「なんだあれ。美女じゃねぇのか。ちっせぇな」

「銀行でもらえる貯金箱みてぇ」

「エモい」

助手席からは金髪巨乳の美女でも出てくると思ったのだろう。惣太の姿を見て、なんか遠近感おかしくね？　と腹を抱えて笑っている。

そのヤンキーを無視して店内に入った。

「明るいな」

「そうですね」

伊武が買い物カゴを持ってくれる。反対の手をそっと繋いでくれた。

——嬉しい。

こうやって伊武とコンビニに来られるだけで嬉しい。

いつも買い物をしているコンビニが別の場所に思える。ドキドキしながら什器の間を歩いていると伊武が足を止めた。

「こんなものも売ってるんだな」

伊武は日用品の棚、下着や靴下や肌着を見ている。

「松岡が買ったのはどれだ?」

「そ、それは……」

惣太は松岡が買ってくれた白ブリーフをあの日以来、穿いてなかった。もちろん伊武に見せたりもしていない。

「俺は知らないんだな。次はそれを穿いて見せてくれ」

「うっ……」

棚を順に見ていく。しばらく進むと伊武は顎に手を当てて首を傾げ始めた。

「なるほど。こんなものまである。コンビニは便利だな」

伊武がコンドームの箱に手を伸ばす。派手なデザインのそれを買い物カゴにポンと入れた。わ、男同士でそんなものを買うんだと驚く。後ろでヤンキーが何を買うのか見ている気がした。

薄っすら汗をかいている惣太をよそに伊武は買い物を続けた。

「最近のコンビニは果物や野菜も売っているのか。驚いたな」

伊武は朝採りの完熟トマトを手に取った。じっくり吟味して二つカゴに入れる。それ以外も、レモン、リンゴ、バナナ、オレンジといった果物を入れていく。

後ろでゴリラでも飼ってんのか?　とヤンキーの声が聞こえた気がしたが無視する。

最後にボトルの炭酸水をカゴに入れて買い物を終えた。

「コンビニは楽しいな」

「はい」

「また、来よう」

会計を済ませて外へ出る。最後になぜかヤンキーたちが並んで手を振ってくれた。惣太が助手席の窓から手を振り返すと「マジでエモい」と声が聞こえた。今度は徒歩で来よう。惣太は面映ゆい気持ちを抱えながら前を向いた。


伊武のマンションに着くと、伊武が飲み物を作ってくれた。

「どうした?」

「いえ」

スーツのジャケットを脱いでネクタイを跳ね上げ、Yシャツを腕まくりしている姿がカッコいい。スリーピースのウエストコートだけの伊武の姿も惣太は好きだった。

伊武は買ってきたトマトを綺麗に洗ってナイフで十字を入れた。それをフォークに刺してコンロの火に軽くかざす。すぐに氷水の入ったボウルに入れてつるりと薄皮を剥いた。伊武の美しい手と流れるような所作にうっとりする。

「伊武さん、器用ですね」

「そうか? できることに差はあるが、先生のためならなんでもするぞ」

あの日の栗饅頭は嫉妬で潰してしまったが、トマトの皮は驚くほど綺麗に剥けた。

「俺に手伝えることあります?」

「じゃあ、先生は果物をスライスしてくれ」

「分かりました」

キッチンで並んで手を動かす。共同作業をしているようで嬉しかった。

伊武はトマトと赤ワインをブレンダーに入れ、最後にレモン汁を絞った。爽やかなレモンの香りが辺りに広がる。ブレンダーが勢いよく回り、忙しない音がした。完成したものを伊武がグラスに入れてくれる。

「甘くするか？」

「ちょっとだけ」

惣太が答えるとグラスの中に一匙、蜂蜜を入れてくれた。

惣太はその間、リンゴとバナナとオレンジを薄くスライスして涙型のピッチャーに入れた。伊武がライトボディの赤ワインと風味付けのラム酒をピッチャーの中に注いでくれる。

「先生はナイフの使い方が独特だな。外科医っぽい」

「ぽいんじゃなくて外科医です」

「いつもそうやってメスを使うのか？」

「皆が想像しているメスって実際はほとんど使わないんですよ。あれは使い捨てだし。医者がオペで主に使うのは電気メスです。整形外科《オルト》は鋏を使うことが多いんですよ。クーパーでザクザク処置します」

「ザクザク……」

「今言ったメスをオペで使うのは一度きり、一番最初に表皮を切る時だけです。あれは人間の皮膚を切るだけの道具なので、体が開いたらもう使いません」

「そうなのか。メスを入れるという言葉はカッコイイが、本当にその瞬間だけなんだな」

「そうです」

伊武にこれも飲むかと訊かれて頷いた。

「ちょっと乱暴だが氷とサイダーを入れて飲むか」

「いいですね」

本来なら一晩置くべきだが、二人で協力して作ったフルーツのサングリアをグラスに入れた。軽くグラスの縁を合わせて一口飲む。

「……美味しいです。トマトの方は凄くさっぱりしていて飲みやすい。こっちのフルーツのサングリアも美味い」

「そうか……」

伊武がふっと笑った。

視線が合う。

惣太を甘やかして可愛がるような、糖分だけを含んだ目がこっちを見ている。恋人の雰囲気を感じて頬を硬くしていると、狭いカウンターでぐいと距離を詰められた。グラスを取り上げられて天板に置かれる。

「あ、あの——」

「どうした？　ん？」

ギリギリまで顔を近づけられる。伊武の目に自分の動揺する顔が映っているのが見えた。

伊武の高い鼻先が惣太の鼻に触れる。猫の挨拶のように鼻だけでキスされた。

「可愛いな。ほら？」

「ほら？」

「自分からしてみろ」

「じ、自分から……」

言われて心臓が跳ね上がる。伊武からキスをせがまれている。そう思うだけで呼吸が速くなった。

「どうした？　ん？」

Yシャツを捲った腕に腰を抱かれる。汗が乾く時の官能的な匂いがした。

——駄目だ……。

仕事終わりの、少しだけ疲れた雰囲気を滲ませる伊武のスーツ姿は毒だ。ネクタイの締まった清潔な喉元やYシャツの隙間から渋い男の色気が溢れ出している。傍に立っているだけで頭がくらりとするほど魅力的だった。

「伊武さんのフェロモン、凄いです。頭が変になる」

「先生もだ……まだキスもしていないのに、こうなっている」

視線を落とすと伊武のスラックスの前が盛り上がっているのが見えた。ペンダントライトの光を受けてスーツの生地が縦に輝いている。男の圧倒的な存在感に喉が詰まった。

「ほら」

抱かれている腰を寄せられてそこを擦りつけられる。

「や……」

「先生が可愛すぎて、見ているだけで硬くなった」

「い、言わないで下さい」

もうギンギンだと重ねてくる。

「キスはしてくれないのか？」

「します、しますから、ちょっと待って下さい」

惣太はふぅと一息ついた。その様子を眺めながら伊武が喉の奥で笑っている。

「じゃあ、します」

「宣言してから始めるのか？　可愛いな」

惣太は意を決した。

腰を抱かれたまま真っ直ぐ向き合って伊武の唇を見た。

少し薄く、口角の締まった男らしい唇。そこへ自分の唇を近づけて重ねればいいだけだ。

ドクッと波打つ己の心音を聞きながら近づく。

瞼をぎゅっと閉じて距離を詰め、唇を合わせる。

ああ、もうドキドキする。呼吸が止まりそうだ。

押しつけると、そこで弾力が解《ほど》けた。

——あ……。

温かくて胸がキュンとする。

舌が触れた瞬間、伊武に抱き締められた。

「可愛いな……」

たまらないといった感じで細い溜息をつかれる。

これで大丈夫だったのだろうか？

「今の顔、一生忘れない」

「や、だから、やめて下さい」

もう一度、鼻先を擦りつけられる。甘やかすように体を揺らされた後、下唇をすくわれた。

「あっ……」

伊武の匂いと体温に胸が高鳴る。上唇と下唇を交互に何度も優しく食まれる。啄むような仕草でキスに応えていると、段々、濡れた音が重なり始めた。

——あ、気持ちいい……。

ただ唇を合わせているだけなのに気持ちがいい。

体の中心が熱を持って、じっくりと指先まで痺れていく。

次第に口が開き、その隙間を舐め溶かすように熱い舌が入ってきた。粘膜を優しく愛撫しつつ奥まで進んでくる。

「んっ……」

ピンと張った口角まで舐められた。そのまま頬の内側をくすぐられ、上顎を辿られる。惣太の性感帯は全て知られている。どこも気持ちがよく、背筋がゾクリとした。

「舌出して」

懇願されてそっと差し出す。諭すような仕草でエッジを愛撫され、裏側の筋や表面もねっとりと舐められる。つるつる、ザラザラの異なる食感に劣情を煽られた。重なりを激しくするうちに、伊武の勃起が当たって体がビクリと反応する。自分のそれも、もう大きくなっている。太い亀頭でぐいと押されてあっと声が洩れた。

「キスが美味しいな」

「んっ……」

「先生のキスは美味しい」

味がするのだろうか。

「それに、どこも柔らかくて気持ちがいい」

ぐっと深く舌が潜り込んでくる。性器を思わせるような硬い舌先に理性が飛ぶ。あっという間に追い込まれて膝がガクガクと震え始めた。

「い、伊武さん……」

耐え切れず、お尻に当たっている冷たい大理石の縁を両手で握り締めた。指先がくの字に曲がる。カウンターがないと立っていられず、深い快楽に必死の思いで耐えた。

それでも男の舌技に容赦はなかった。よじるように絡まされて唾液を飲まされる。喘いでいると唇を使って根元からゆっくりと吸い上げられた。性器を愛撫するように何度も舌根を行き来される。背中がしなり、あまりの気持ちのよさに呼吸が乱れて、体温が上がる。

「伊武さん、もう」

「キスだけは嫌か?」

「嫌です」

ふっと笑う気配があった。唇を外され、優しく見つめられる。両手で顔を包まれて額にチュッとキスされた。

「ベッドに行くか」

「あ、あの――」

「どうした?」

「その……」

「うん?」

惣太はずっと考えていたことを口にした。

伊武のものを愛撫したい。

自分の手と口で。

あれをやってみたい。

ドキドキしながらそう告げると伊武は笑った。先生はそんなことをしなくてもいいと言いながら、惣太の体を抱き上げた。

「したいです」

「やめるんだ。俺が溶けるだろ」

その無自覚の媚態をやめろと、笑顔で注意される。

「溶けません」

「もう溶けてる」

「意地悪しないで下さい」

「どっちがだ」

「伊武さんがです」

「じゃあ、まず俺の服を脱がせてくれるか？」

そう尋ねられて、惣太は「はい」と答えた。


立ったまま愛撫するのは先生が可哀相だからと、伊武はリビングにあるソファーに座ってくれた。惣太が膝を揃えて伊武の脚の間にちょこんと入ると、なんか悪いことをしてる気がすると呟かれた。大きな手で優しく頭を撫でてくれる。

「可愛いなあ。もうそれだけでいい」

「嫌です」

「その可愛い上目遣いだけで充分だ」

「でも――」

「よしよし。カワイイカワイイ。頑張らなくてもいいぞ」

少しだけ大雑把に頭をなでなでされて、男としてのプライドを刺激された。

悔しさを感じた惣太は気合いを入れて伊武のベルトに手を掛けた。カチャカチャと音を立てながら外し、膝のあたりまでボトムを下げる。明らかに変形している下着が目に入って思わず絶句した。

「う……」

「ほらな?」

「ち、違うからっ!」

「なんだ、もう降参か?」

戸惑っているその動きがカワウソっぽいとからかわれる。それでも小さな手が可愛いと褒められた。

――ああ、どうしよう。緊張する。

伊武が穿いているボクサーパンツは凶悪な雰囲気に満ちていた。中にグレネードランチャーが入っているような状態だった。先っぽはもうはみ出そうになっている。シルエットは武器そのものだ。

下着の上からそっと触ってみる。

鋼のように硬いそれがピクリと動いた。

生きている。

予想以上に熱く、硬かった。

恥ずかしさに俯く。俯いたまま近づいて伊武の太腿に抱きつき、下着の上から頬ずりすると、これはなんなんだと訊かれてしまった。自分でもよく分からない。

顔を上げ、ウエストのゴムに手を掛けてゆっくりと下ろす。少しずらしただけで伊武のものが勢いよく飛び出してきた。

――やっぱり……凄い。

触ると生きていて、瑞々しかった。夏の生命力に溢れる太ヘチマだと思った。ナマコはヘチマに変身する。

恐る恐る根元をつかむと指が回り切らないほど太かった。熱くて硬い支柱が早くもドクドクいっている。

「あ……」

顔を近づけようとすると濃い雄の香りに頭がぐらついた。伊武の叢《くさむら》からフェロモンが立ち昇っているのが分かる。伊武だけが持っている男の色香だった。

戸惑いながらもゆっくりと唇を近づける。亀頭に触れそうな距離まで詰めるとそれだけで体温を感じた。思い切ってそこを食んでみる。

――あ……熱い。

舌が溶けそうなくらいに熱い。

熱さと匂いと、海のような味に頭の後ろがぼうっとなる。伊武の亀頭は縦にも横にも広がりをみせ、雁まで飲み込むのが精一杯だった。おっきいし、生々しい……。

つるつるした肉の輪郭を辿るように舌を使っていると伊武が頭を撫でてくれた。その顔を見る。

「ああ、最凶ランクの見た目だな。俺を萌え殺す気か」

心臓が止まる、と伊武が重く呻いている。

目で犯されながら距離を測られ、亀頭をずぶっと喉奥まで入れられた。その瞬間、射精しそうな快楽を覚えた。

──凄い……気持ちいい。

苦しいのに、これはなんだ。

「んふっ……」

伊武の張り詰めた亀頭が上顎を擦る。同時に傘の張った肉の縁で頬の内側を愛撫された。舌の上では竿に巻いた血管がドクドクと脈動している。あまりの快感に目尻から涙がこぼれた。

「苦しいのか?」

「んっ……ちがっ、やあっ──」

伊武に引き抜かれそうになって慌てて吸いつく。んく、んくと亀頭を飲み込みながら、時々、ぷはっと息をする。頑張って深くしゃぶりつきながら中で舌を使った。

「先生……」

もう、自分が何をしているのか分からない。

とにかく口の中が伊武でいっぱいで嬉しい。苦しいし、雄臭いのに、幸せな気分になる。伊武が感じてくれているのが分かって、さらに満たされた気分になった。衝動に突き動かされて、ただ一生懸命にしゃぶった。

「無理はしなくていい。一回、口から出せるか？　両手で持って舐めるだけでいい」

言われた通りにする。

濡れた幹を両手で持ち、先端だけ舐める。溢れ出してきた先走りに苦戦していると伊武が口元を拭ってくれた。伊武の顔を見上げながら頑張ってちゅぱちゅぱ吸う。

「ああ、駄目だ。これは夢か？　妄想か？　俺の幻覚なのだろうか。先生が可愛すぎて顔が二重に見える」

「んふっ……くっ……」

忙しなく口を動かしてちゅぱちゅぱを続ける。伊武の支柱がぐわんと揺れてまた太くなった。顎が外れそうになって口の端から唾液が垂れた。

「こっちを見るな……可愛すぎる……心臓が止まる」

伊武が呻き、自分の目の上に手のひらをのせて天を仰いだ。ペニスもぐっと仰ぎ立つ。その裏筋をぺろりと舐め上げた。

「ああ、眩暈がする。先生が眩しすぎる。もう駄目だ。鼻血が出そうだ」

できれば鼻血じゃなくて別のものを出してほしいと思うが、自分も興奮しすぎて訳が分からなくなっている。己の股間の漲りを感じながら夢中で伊武のものを愛撫した。

「可愛いにもほどがある。もう倒れそうだ。コツメカワウソの本気……やばいな。うっ、天国なのか地獄なのか、快楽なのか責苦なのか分からなくなる。これは一体なんだ」

伊武が自分の両手を腰の後ろに回した。何かの衝動に耐えているように見えた。

「先生、もういい。このままだと先生の頭をつかんで口の中に射精してしまう。俺はそんなことをしたくない。先生を苦しませたくはないんだ。ああ……離してくれ」

よし！　俄然やる気が湧いた。

ちゅぱスピードを上げる。ぺろぺろも頑張る。

「ああ、先生のほっぺが……ああ……出してもいいのか？　嫌だろう？」

「んくっ」

幹を擦るスピードもアップした。口の中に雄の匂いが広がる。あっと思っていると伊武のものが波打った。熱風のような圧が広がり、勃起の根元が硬直した。濃い精液が吐き出される。どくりどくりと、勢いよく熱い奔流が迫ってきた。どうしたらいいのか分からずに咳き込んでしまう。

頭がくらくらするような匂いと青臭い味が喉の奥に広がる。飲み込めずにいると伊武がタオルを取って口元を拭いてくれた。丁寧に中まで拭ってくれる。

やりきったと思った。

でも、本当にこれでよかったのだろうか？

「苦しかっただろ？　可哀相に。俺が悪かった」

脚の間から引き上げられてぎゅっと抱き締められた。優しく頬ずりされながら背中をトントンされる。伊武はしばらくの間、そうしてくれた。

「大丈夫か？」

「ん……」

「すまない。出すつもりはなかったが、先生があまりにも可愛くて我慢できなかった」

「だいじょうぶ、です」

よしよしと頭の後ろを撫でられる。

上手にできたのだろうか。喜んでくれたのだろうか。答えは分からなかったが、妙な達成感に満たされた。何よりもずっとそうしたかった想いを遂げられて心の底からホッとした。

「できてよかった」

「先生……」

「いっつも伊武さんにされてばっかりだったから……」

「そんなことは考えなくていい。俺がしたくてしてるんだ。先生は無理しなくてもいい」

「俺だってしたい」

惣太が言うと伊武が息を吞む気配がした。

「……ああ、俺は神に何かを試されているのだろうか。もう限界だ」

惣太は、悩ましげな顔で呻く伊武の首に腕を回してその鼻の付け根にキスした。

「好きです」

「ああ……俺も愛している。今日のことは一生忘れない。先生の顔とその頑張りと、優しさを一生覚えておく」

「伊武さん」

ソファーに座っている伊武にぎゅっと抱きつく。膝を立てて首に甘えながら伊武の髪の匂いを嗅いだ。


「あっ……うんっ……あんっ……」

さっきからずっと伊武に乳首を吸われている。裸に剥かれてベッドに寝かされ、伊武の熱い体に組み敷かれていた。

「もう……やっ……」

抵抗できないように両手首を片手で纏められ、頭の上で押さえつけられている。決して乱暴な仕草ではないのに体はビクともしない。快感で尖った胸の先を舌で弾かれ、吸われ、舐められた。

「先生は右の方が感じるんだな」

「知らなっ……んっ……」

左は指の先で軽く摘まれている。引っ張ったり、捏ね回したりを繰り返される。

これまでの伊武の愛撫で開発された場所は、口の中と乳首だ。それだけで達かされてしまうほど感じるようになってしまった。伊武の行為はほとんど性技だった。テクニックという意味ではなく、伊武は惣太の快感だけを純粋に引き出す技を持っていた。

手首の拘束が解かれる。もう抵抗する余裕もなかった。

乳首を舐められながら性器を扱かれる。伊武の手の中でペニスが溶け始めた。

「やっ……」

全てを熟知している大きな手が惣太の快感を引き出していく。続けられたら簡単に達してしまいそうだった。

「まだ、いきたくない」

「先生の匂いを嗅ぎながらセックスしたい」

「嫌だ……」

体をよじるとお互いの性器を隙間なく密着するように重ねられた。初めての行為にドキリとする。

こういう行為があるのは知っていたが、そこで伊武の熱を感じられるとは思ってもみなかった。

「熱い……」

自分との違いに愕然とする。太さも長さも全然違った。重ねたまま擦られると熱さと硬さで喉が鳴った。

「俺を感じるのか？」

「んっ……」

「先生のはピンと張りつめて可愛い。先生そのものみたいだ」

裏筋がぴたりと合わさって甘い快楽が生まれる。どちらのものとも分からない先走りに濡れそぼって、卑猥な音がし始めた。

「気持ちがいいな……」

伊武が溜息を洩らす。卑猥な行為のはずが、どうしてか深い愛情を感じる。お互いを欲しがって撓った体を一つに合わせる。愛の塊を擦り合う行為に胸がキュッと縮んだ。

伊武が体を移動させる。

不意に自分のものを伊武に含まれた。衝動的にそうされた気がして嬉しさを覚える。さっきの行為で濡れた全体を丁寧に舐め上げられ、尖らせた舌先で括れの縁をなぞられる。体温の高い口内に亀頭を含まれて、強く吸われるたびに甘い声が洩れた。

無意識のうちに体が揺れる。口に含まれたまま、伊武の指が硬く窄まった場所に触れた。

「あっ……」

伊武が用意してあった潤滑剤のチューブを取る。パチンと蓋を開ける音にさえ感じてしまう。伊武がこれから準備をしてくれると思うだけでそこが疼いた。

「先生、力を抜いて」

ゆるっと濡れた指先が触れる。ほどなくして伊武の中指が入ってくるのが分かった。とろみを纏った指がつぷりと根元まで入る。

「伊武さんが……」

「どうした？」

「伊武さんの指が気持ちいい……」

どうして感じるのだろう。

こんな性器でもない場所で。

ただのシンプルな臓器なのに、伊武にそうされるだけで息が止まるほど感じる。

中をぬるっと撫でられて腰が跳ねた。

「あっ……伊武さんが好き――」

「俺も先生が好きだ」

「うっ……あんっ……」

指を増やされて軽く掻き回された。

——熱い。

そこがたまらなく熱かった。

入口から順に愛撫されていく。強さや角度を丁寧に変えて。

どこを触られても気持ちがよかった。

長い指の先がそこに触れる。一気に甘い電流が走り、爪先まで甘く痺れた。

緩く擦るように指を回される。あと少し押されたら達ってしまいそうだった。

「伊武さん……もう——」

「もう?」

「指やめて。いきそう」

「達ってもいいぞ?」

「や……もう挿れて」

思わず懇願してしまう。

「伊武さんが欲しいです」

そう、伊武の全部が欲しかった。

あの塊が、愛の塊が欲しい。

伊武そのものを感じたい。

伊武が優しく脚を開いてくれる。その行為は優しかったが、挿入に手加減はなかった。

「挿れるぞ」

「あっ、いきなり凄い……んっ……」

「力を抜くんだ」

譲る気配のないまま、張り詰めた亀頭で惣太の体を一気に押し開いていく。その強さと滾る雄の欲望に背筋がゾクゾクした。伊武のものは、おまえが欲しくてたまらないとそう言っているようだった。

「あっ、ああっ……んっ……」

深く潜ってくる感触に背中が撓る。ただ、挿れられただけなのに驚くほど感じてしまった。気がついたら自分のペニスの先から透明な体液が流れ出ていた。

「痛くないか？」

「や……」

耳元で甘く囁かれる。その声さえ愛撫だった。動き始めた伊武を不用意に締めつけてしまう。

「伊武さ……ん」

「可愛いな……。愛おしすぎて、たまらない気持ちになる。キスしてくれ」

熱い視線に見つめられて深いキスをされる。体の動きに合わせて徐々にキスが激しくなる。キスしながらのセックスは大好きだった。愛が感じられるし、気持ちがいい。

――もっとキスしたい。

一つになって色んなキスをしたい。たくさん、溶けてなくなるまで、二人の境界さえ消えてしまうほど。

伊武の首に腕を回す。逞しい腰にも脚を絡ませた。揺らされながら抱きついているだけで幸せな気持ちになる。伊武とひと塊になって、伊武の存在を感じながら快楽の深みを探る。どこまでも深く潜っていくようなセックスにうっとりする。

「あ……気持ちいい……」

「俺も先生を感じる」

伊武の汗が降ってくる。情熱の証に思えて胸が音を立てた。

伊武が与えてくれるもの全部が嬉しい。

往復している場所から甘い快楽が生まれて気持ちが高まっていく。

「ああ、可愛いな……先生を誰にも渡したくない。俺だけのものにして、大切にとっておきたい」

「俺は……伊武さんのものです」

「惣太」

「これまでも、これからも、ずっと伊武さんのものです」

率直な独占欲が嬉しい。伊武の素直な愛情を感じる。自分の中にも伊武を独占したい気持ちがあった。二人の想いの強さはそれが一途に同じ方向を向いている証拠だと思った。

――ああ……気持ちいい。

幸せで泣きそうになる。

想いを滾らせた伊武に体をぐいと起こされた。そのまま伊武がベッドに背を着けて横たわり、正常位から騎乗位になった。

「これ……や……無理」

「大丈夫だ。俺が動く。先生はそうしているだけでいい」

伊武が下から舐めるように視線を上げる。全てを見られていると思うだけで胸がカッと熱くなった。大きな手に腰を支えられて、下から突かれる。初めての衝撃に膝が震えた。

「痛くはないだろう?」

「んあっ……くっ……熱い……」

肉杭だけで体を支えているような状態にそこが熱を持った。下から穿つように貫かれる。跳ね上がった体が重力で落ちてまた感じてしまう。じっとしていても自分の重みで挿入が深くなる。甘い責苦にただ泣くことしかできなかった。

「もう……無理っ」

「可愛いな……感じてるのか?」

触られてもいない乳首がきゅっと硬くなったのが分かった。そこを弄られながら突かれる。惣太は喉が枯れるほど喘いだ。

中心を回すようにされてまた感じてしまう。伊武の上で泣きながら腰を揺らした。

——気持ちいい。

——体が……変だ。

もう何も考えられない。

気がついたら自分の先走りの色が白く濁っていた。無意識のうちに伊武の腹も汚していた。

恥ずかしい。けれど、理性はほとんど残っていなかった。

伊武の体の上で、伊武のものを咥えながら射精する。自分の表情も光る体も性器も、何もかも見られていた。

「綺麗だ」

こんな自分が綺麗なんだろうか。

惣太は同じように伊武が綺麗だと思った。その姿は欲望に筋肉を盛り上がらせながら荒々しく動く肉食獣のようだった。

「伊武さんも……いって」

達しながら懇願する。

伊武を感じたい。二人で達きたい。

これからずっと一緒なのだから。

絡まった運命の赤い糸はもう解けない。絶対に解けない。

二人でお互いを引き合いながらここまで来た。糸を離さずここまで来た。

「征一郎さん……好き……すき……」

「惣太」

男二人が恋をすると乗り越えなければいけない壁がある。

持たなければいけない覚悟もある。

二人はそんなものを軽く乗り越えてしまった。

次に違う壁が立ちはだかったとしても、きっと乗り越えられるだろう。

唯一無二の、この二人なら――。

「惣太っ――……」

伊武が声を詰める。

自分の中の支柱が揺れ、熱いうねりが起こった。反射的に引いた腰を伊武に下からつかまれた。奥まで強く穿たれて仰け反った。

――熱い。

信じられないくらい熱かった。中で噴水のように熱いしぶきが上がっている。

怖いと思った。

けれど、それ以上に気持ちがよかった。

――伊武さんが俺の中で……。

嬉しさと快感で震える。熱い体液に何度も打たれながら声を上げた。

伊武の全てを受け止める。

本当に一つになる。

惣太はただ幸せの中にいた。

12. 幸せな結末

五月。ゴールデンウィーク、初日。

惣太が伊武と出会ってから一年が経過していた。

伊武組が所有する伊豆の別荘でバーベキューパーティーが開かれていた。例の事件の慰労も兼ねて、組員だけでなく病院の看護師や技師、同僚の医師である林田や開業医の犬塚も招待していた。

空はどこまでも青く澄み渡り、ガーデンテラスには心地のよい光が降り注いでいる。吹く風も柔らかく、半袖でも充分過ごせる陽気だった。


「惣太さん、お肉焼けましたよ」

田中が惣太の紙皿の上にステーキを置いてくれる。４５０グラム、余裕でいける量だった。黒豚と比内地鶏も食べようと田中の傍を離れずにいると苦笑された。

「惣太さん、その見た目でスゲー食うんですね。俺、ビックリしましたよ。ちっさいダイソンみたいっすね」

田中は、ははっと笑っている。

「なんで太らないんすか？　胃下垂なんすか？」

「遺伝だと思う」

「可愛いっすね。あ、そうだ。今度、俺と二人でスイーツの食べ放題行きませんか？『極甘天国』って店で内装とかも凄い可愛いんすよ。飲み物やアイスもあるんで、絶対、行きましょうね。俺、奢りますから」

「ああ、いつもありがとう。田中の優しさに、俺は癒されてる」

「俺もです」

二人で肩をつき合わせながらいちゃいちゃ話していると鋭い声が飛んできた。

「そこ、必要以上に近づかない」

伊武の声だった。

「カシラのあれ、まだ治んないんすね……。惣太さんも大変だ」

「うん……」

多分、一生治らないと思う、という言葉は口に出さないことにした。何にしても伊武の嫉妬深い性格は簡単には変わらないだろう。それは優しさの裏返しでもあるからだ。

田中にもう一度、礼を言ってその場を離れる。礼なんかいいっすよと笑顔で送り出された。

「皆さん、お肉焼けましたよ〜。ちょっと味見で頂きましたが、柔らかくて、焼き加減が絶妙で凄く美味しいです。黒豚のスペアリブと地鶏も、もうすぐ焼けますからね」

輪になって楽しそうに話している看護師たちに声を掛けた。皆、打ち解けた様子でときおり笑い声を上げながら話をしている。ほどなくして主任看護師の飯沼と犬塚がいい雰囲気になったのが分かった。

飯沼は惣太に向かって「伊武さんって極道界のプリンスなんですよね。高良先生は玉の輿ですか。羨ましいなぁ」と言った看護師だった。頭の回転が速く、仕事のできる肝の据わったナースで見た目も美人だ。惣太も一目を置いている。どうやら犬塚に金の匂いを嗅ぎつけたらしい。犬塚もまんざらではなくスマートな笑顔で応対している。これは上手くいきそうだと思った。

「うわぁぁ――……っ！」

突然、林田が頭を抱えて芝生に蹲った。どうしたのだろう。食中毒だろうか？

「おい、林田。大丈夫か？　腹が痛いのか？」

「ううっ」

近づいて林田の背中を撫でてやる。

「どうした？　どこが痛いんだ？」

「……胸だ」

「え？」

「胸が抉られるように痛い」

「それはいけない。救急車だ！」

顔色が悪い。狭心症か心筋梗塞か。ＡＥＤはどこだ。

林田に声を掛けながら慌ててスマホを取り出す。すると、そのスマホを林田に取り上げられた。

「おい、どうしたんだよ」

「この胸の痛みは医者には治せない。俺はもう死んだ……」

「どうしたんだ。まだ死んでないぞ。心拍、呼吸、対光反射もバッチリある。医者の俺が保証する。おまえは生きてる！」

「もう……もう……いいんだ」

林田はガクッと項垂れた。

「……なんであんな奴、連れて来るんだよ。ゴリラが犬に勝てるわけねぇだろ！」

「え？」

「しかもあいつは金を持ってる。たんまりと持ってる。くそっ！」

人の輪の方から「犬塚先生の経営方針は――」と飯沼の声が聞こえてくる。他の看護師たちも先生のクリニックで出産したいなどと口々に賞賛している。どうやら犬塚は看護師たちから大人気のようだ。取り囲まれて、その姿は見えなかった。

「なんだおまえ……飯沼さんのことが好きだったのか……。だったら、どうして――」

「言えるわけねぇだろ。こんなゴリラがっ！」

林田が世界の終わりのような顔で頭を抱えている。小さく震え始めた。

可哀相になった惣太はその体をそっと抱き締めた。背中をぽんぽんと叩いてやる。

「おまえはいい奴だ。誰よりも優しくて、思いやりがある。明るくて人望もある。顔だって個性的でいい。凄くいい。俺は好きだ。仕事もできるし男気もある。間違いなく世界一のゴリラだ。俺が保証する」

「うるせぇよ！」

林田の背中を撫で続ける。可哀相なゴリラだ。

「そこ、抱きつかない」

伊武の鋭い声がまた飛んできた。

人の人生は分からない。

小さなことをきっかけに動き始める。

たとえ本人が気づいてなかったとしても、突然、運命の歯車がカチリと回り始めるのだ。

今日、一つの恋は終わったが、また違う恋が始まった。

「はいはい、皆さん、焼くのは肉だけにしましょうね」

松岡の声がする。

ふと、白いテーブルに目をやると惣太が表紙を飾った雑誌が見えた。

誰が持ってきたのだろう。

五月の実直な光を浴びて惣太の笑顔が輝いていた。

――いいな。

この雑誌をきっかけに色々なことが巻き起こったが、全ては幸せに終わった。

人の人生はハッピーエンド。

必ず幸せで終わる。

そんな気がしていた。

強い風が吹く。

雑誌の表紙がパタパタとはためいた。惣太が声を上げて笑っているように見えた。

――いい表情だ。

幸せに揺れて大きな声で笑っている。

――最高の笑顔だ。

世界でただ一人、愛する人に向けられた本物の笑顔がそこにあった。

『ファーストコール３　〜童貞外科医、年下ヤクザの嫁にされそうです！〜』につづく

おまけ
ショート
ストーリー

愛の証明

「今年のバレンタイン、どうする？」

「いつもみたいにお金を集めて、医局に一個置いておくのでいいんじゃないですか？　ゴディバのバレンタインアソートとかでいいですよね。あの二段で引き出しになってるやつ。よかったら私、買ってきますよ」

「ホント？　助かるー」

ナースステーションで看護師たちが楽しそうに話をしている。バレンタインという言葉を聞いて、もうそんな時期なのかと思った。

高良惣太は入局九年目の整形外科医だ。オルトの若きエースと呼ばれ、仲間の医師はもちろん患者からの信頼も厚い。今年三十三歳になる惣太には男性の恋人、伊武征一郎がいた。

——やっぱり俺も、伊武さんにチョコレートあげた方がいいのかな……。

ぼんやりしていると「先生、早く点滴のオーダー出して下さいよ」と看護師に急かされ、慌てて指示を出す。

——けど、手作りチョコってなんだ？

頭に浮かぶイメージは市販のチョコを溶かしてハートの形に固めるものだ。

それだと手作りと言えないよなと考え直す。

心のこもった手作りにするにはどうしたらいいんだろう。

デコレーションに凝る？

チョコと何かを合わせる？

ラッピングや演出を特別なものに——？

素材を集める？

素材？　カカオ？

なぜか半裸に腰巻き姿でカカオを採る絵が浮かび、それは違うよなと思う。カカオを採取してその後どうする。どんな過程を経てカカオがチョコレートになっているのかもよく知らない。自問自答を繰り返しながら、惣太は午後の病棟のデューティーを済ませた。


夜八時、ようやく医局の自席に戻ってスマホを触ると伊武からメッセージが来ていた。

——なんだろう。

バレンタインを一緒に過ごしたいというメッセージが来ている。カワウソのスタンプとともに、サイトのURLが添付されていた。開いてみると日本橋茜中央商店街のホームページで驚いた。惣太の実家は日本橋で三代続く老舗の和菓子屋を営んでおり、三歳年上である兄の凌太が店主として家業を継いでいる。

その商店街でバレンタイン企画と称してイベントを行うらしい。チョコレートの配布やミニコンサート、体験デコレーションと様々な企画が並び、最後に『お姫様抱っこ♥　愛の耐久レース！』と派手な書体の文字が見えた。

――お姫様抱っこ、一番長く続けたペアには高級メロンと賞金を差し上げます！　皆様、ふるってご参加を！　茜中央商店街店主一同――

小さな吹き出しには有名Uチューバーの『ドブねずみ音頭』も来るよ♪　と書いてある。誰だよそれと思いつつ、イベントの概要を読む。

カップルはもちろん親子や友達、師弟関係など二人組なら誰でも参加可能らしい。

伊武の最後のメッセージには「先生を抱っこして俺の愛を世界に証明したい」とあった。このイベントに二人で参加するつもりなのだろうか。

「困ったな……」

惣太はまだ兄と両親に伊武が恋人であることを話してない。家族は皆、伊武のことを商店街の買収劇で救世主になってくれた若き実業家だと思っている。伊武が関東最大の組織暴力団・三郷会《さんごうかい》系伊武組の御曹司であることも、極道の若頭であることも知らない。

「お姫様抱っこなんかされたら……やっぱりばれちゃうよな……」

伊武のメッセージには必ず優勝してみせると書いてある。勝負事に勝ちたい性分なのは分かるが、素のままで参加すると二人が付き合っていることも、伊武がヤクザであることもバレてしまうかもしれない。

「うーん、どうしよう……」

どうメッセージを返したらいいのか分からず、惣太はそっとスマホを裏返した。

惣太は結局、断ることができず、バレンタインイベントの当日が来てしまった。

伊武は朝から生卵六個とバナナと牛乳をバキバキにキメ、チョークストライプのスリーピースに着替えていた。艶とコシのあるスーツの生地が重厚感とヤクザみをたっぷりと醸し出している。長身に朝日が反射して眩しい。

——うーん、もう少しカジュアルな服装に着替えさせるか。

パーカーやおしゃれジャージを提案してみるものの、それはそれでヤクザ感が出てしまう。はみ出すWay to the YAKUZAの威圧感は、どうやっても拭えそうにない。鏡の前でお姫様抱っこの練習をしている伊武に声を掛ける。

「……あの、本当に行くんですか？」

「もちろんだ。必ず優勝してみせる。期待していてくれ」

白い歯がキラリと光る。笑顔で返されると言葉も出ない。

「先生もそろそろ着替えてくれ」

「はあ……」

「——腰は中腰で安定させた方がいいか。重心を少しずつ移動させて、各筋肉へ平等に負担を掛ける。勝つためには緻密な戦略と己の力量を知ることが大切だ」

シュパッ、シュパッと、音をさせながら抱っこの確認に余念がない。

惣太は仕方なく着替えた。

「それではー、皆さん。準備はいいですかー？」

司会を務める女性が手にマイクを持ちながら明るい声を上げる。

商店街のアーケードには『お姫様抱っこ♥　愛の耐久レース！』と派手な垂れ幕が下がっていた。

周囲はイベントに参加するペアとそれを応援する人で賑わっている。

有名Uチューバーのドブねずみ音頭も撮影スタッフとともに参加していた。ねずみの格好をした普通のイケメンだ。すでに赤ちゃんを抱っこしている母親や父娘、学生と思われるカップルや若い夫婦もいる。その中に混じって伊武と惣太もハートのゼッケンをつけて並んでいた。

——ああ、やっぱり浮いてるし……。

友人同士での参加もOKとあり、男性同士のペアも他にいるかと期待したが、大人の男性ペアは伊武と惣太の二人だけだった。ヤクザ五人組による応援もあり、二人は周囲から完全に浮いていた。

「若頭《カシラ》、頑張って下さい！　組の威信をかけて！」

そんなリーダビリティの高い単語で応援するなアフォ！　と思わず言いそうになる。

伊武の部下である松岡や田中はもちろん、残りの三人はガタイのいい男ばかりだ。先頭が松岡で奥に行くにつれてだんだんアウトロー色が濃くなっていく。ヤクザのクレッシェンドだ。

「……応援はいつもの二人だけでよかったんじゃ——」

「いや、証人は多ければ多いほどいい。本当はもっとたくさん連れて来たかったのだが、今日は五人だけだ」

「……そうですか」

最後の一人は—仁義《JINGI》—が濃縮された果汁百パーセントのヤクザだった。可愛く両手を振って応援しているが、太い指に金色の指輪が嵌っている。極道を一ミリも隠しきれていない。あんなコンサバティブなヤクザを連れてくるなんて！　と心の中で息巻いても、もう遅い。

「それでは、抱っこ担当の方はペアの方を抱き上げて下さい。ペアの方の体が地面に着いたら失格です。頑張って下さい！」

合図とともに抱き上げられる。ふわりと伊武の匂いがした。

無重力状態が恥ずかしいのに心地いい。

——ああ、やっぱりカッコいいな。

伊武の腕の中は温かい。見上げた喉仏と顎のラインが男らしくてときめいた。内面から滲み出るような、雄としての色気と逞しさが好きだ。

目が合うとニッコリ微笑まれた。

「先生は力を抜いてゆっくりしていてくれ。俺が頑張る」

「あの……無理はしないように」

「もちろんだ」

ふと目線を移動させると、和菓子屋の暖簾をくぐった兄がこちらに近づいてくるのが見えた。

——もう、兄ちゃん、来なくていいから……。

店番をしているのだろうか。両親の姿が見えないのは幸いだ。

惣太を見つけた兄が速足で近づいてくる。過保護の兄は、なんだかんだで惣太のことが大好きなのだ。

「惣太！　あっ、伊武さんも」

兄がどうもと伊武に頭を下げる。伊武もそれに応えて軽く頭を下げた。

「愛の耐久レースか……」

腕組みをした兄が顎に手を当てながらぼそりと呟く。

どうか二つの違和感に気づかないでくれと惣太は心の中で祈った。

「お兄さんにも俺たちの愛が伝わるといいな」

「伊武さん、黙りましょうか?」

「そうだな。体力を温存するため、無駄なことはしないでおこう」

伊武が黙った。

――ああ……早く時間が過ぎてくれ。

早めに離脱して兄と両親に挨拶を済ませ、饅頭の一個でも買いつつ、何事もなかったようにしれっと帰りたい。

惣太の思いと反対に伊武はびくともしなかった。

十分もせず、周りの人がどんどん脱落していく。お姫様抱っこはかなり過酷な競技のようだ。

「あー、もう無理だー」

隣にいた二十代のカップルが彼女を地面に降ろしてしまった。「メロン食べたかったのに」と彼女に怒られている。

「伊武さん、辛くないですか？」

「まだ大丈夫だ」

その言葉のとおり、伊武のお姫様抱っこは安定していた。惣太のことを考えて頭が下がりすぎないようにバランスを取っている。表情にも余裕があった。

一時間を過ぎたところで残り三組になった。

ドブねずみのUチューバーカップルと父親と五歳くらいの娘の親子ペア、そして伊武と惣太だ。

ドブねずみが震え始め、周囲の応援が過熱する。

「カシラ、平常心！」

田中の声が聞こえる。松岡は心配そうな顔でこちらを見ていた。

「カシラ！」

「頑張って下さい、カシラ！」

「カシラ、あと三組です！」

続くカシラコールにげんなりする。少し音量を下げてほしい。

しばらくすると周囲からヒソヒソ声が聞こえてきた。

――なんか、あの人たちって……。

――だよね。

――龍が如く《ゲーム》で見たことない？

――うんうん。出てたよね。

出てないし！　と心の中でツッコむ。

――最後は必ず上半身裸になるよね。あの人もそろそろ脱ぐんじゃない？

――このお姫様抱っこも、実はサブミッションだったりして。

――あはは。ミニゲームやりすぎて本編忘れるやつな。

――そうそう。

一般人がヤクザの既視感を伊武と周囲の組員に覚え始めているようだ。

これは……まずい。バレるのは時間の問題だ。

兄の顔を見ると不審そうな顔をしていた。

――兄ちゃん、もう店に戻ってくれ。お願いだ。

念を送っているとドブねずみのカップルが脱落した。周囲から落胆の声が洩れる。残りは父娘ペアと自分たちだけだ。

「伊武さん、ここは親子に譲った方が……」

「駄目だ。俺の愛が本物だと証明するには優勝が必須だ。俺は負けない、絶対に負けない！」

一体、何と戦っているのだろう。理由が分からず首を捻る。

「今日はバレンタインでもある。優勝は先生へのプレゼントだ」

「……愛ならもらってますから」

もう黙れよと目で合図するが、伊武は一向に気づかない。

熱い視線を返してくる。

「本当はチョコレートをあげたかったが、先生はそれほど甘いものが好きじゃない。世界でただ一つのチョコをと考え、マダガスカルにある希少なカカオ農園を買収しようとしたら松岡に止められた」

ありがとう松岡さん！　と心の中でガッツポーズを決める。

それでこそ若頭補佐だ。相変わらず、いい仕事をする。

「農園まで買収しないで下さい。ゲームじゃないんですから」

「先生のためだ」

あきれつつ、お互いを思ってカカオを採ろうとしていたのは同じだったのだと感動する。

ああ……。

本当に優しい人なんだなと思う。

――伊武さんは優しい。

どんな時でも自分を一番に考えてくれる。

己のことは差し置いて惣太の幸せが最優先だ。手放しの愛がなければそんなことはできない。

やっぱり好きだ。

この人が大好きだ――。

「お父さん、おしっこ」

隣で女の子の声がする。父親がもう少し我慢しろと話し掛けているが、女の子は限界のようだった。

伊武は迷ったような顔をした。やはり、勝利を譲るようだ。

伊武が惣太を地面に置こうとした瞬間、女の子が父親の腕からぴょんと飛び下りた。すんでの差で伊武と惣太のペアが優勝してしまった。

うおーっと低い歓声が上がる。部下の五人が一斉に伊武のもとに駆け寄った。

なぜか勝利の胴上げが始まる。

惣太はその混乱を縫うようにして商店街から逃げ出した。後ろから伊武が追い掛けてくる。Uチューバーのカメラとドブねずみもついてくる。ねずみが走りながら伊武にインタビューをするが、伊武は「せんせーい、せんせーい」と必死に惣太を呼んでいる。エイドリアンを呼ぶロッキーのようだ。

——ああ……この状況を全部生配信されていたらどうしよう。

動画なら目線を入れてもらわないと……でも、それだと犯罪者みたいだ。

様々な光景が脳裏をよぎる。

惣太は結局、ドブねずみにつかまった。商店街に戻り、インタビューと写真撮影《スチール》を受け、曖昧な笑顔で誤魔化した。全てを終えて、一時間後にようやく解放された。

「楽しかったな」

「…………」

二人で部屋に戻って来た。

伊武はメロンと賞金を二位の親子に譲った。女の子はキラキラの笑顔で「やくざのお兄ちゃんありがとう」と言った。伊武はどういたしましてと王子様のような敬礼をした。

五歳くらいの女の子にも正体がきっちりバレている。惣太は諦めた。

伊武がそっと抱き締めてくる。

「これでお兄さんも、分かってくれただろうか」

「……でしょうね」

「よかった。先生、愛している」

その言葉は嬉しい。素直に受け取る。

軽くキスされてベッドに入った。

「今日はもう無理だ。腰がやられた」

「知ってます」

「これで先生の病院にも行ける。一石二鳥だ」

「それも狙ってたんですか？」

「当然だ。白衣を着ている先生にもたまには会いたいからな」

はあ、と甘い溜息が洩れる。けれど、嬉しくてたまらなかった。

結局、大好きなんだと思う。

伊武も自分も――。
好きで好きで、仕方がない。
だから、他人から見たら滑稽だと思えることまでしてしまう。
――愛の証明か……。
本音を言えば嬉しかった。
目に見えない愛を伊武は自分の力で証明したのだ。
二時間三十二分――。
映画が一本観れる時間だ。
伊武はずっと惣太の体を気にしながら、二本の腕で抱き続けた。
この時間を惣太は誇りに思った。
今度は自分が伊武のために何かしよう。
カカオを採るような、お姫様抱っこを二時間するような、そんな何かを。
「先生、おやすみ」
「伊武さんも、おやすみなさい」
軽くキスして伊武の腕の中で瞼を閉じる。
何もしなくてもそれだけで幸せだった。

次の日、兄から電話が来た。

ドキドキしながら通話に出る。兄はいつものように話し始めた。

『それにしても、惣太の病院は儲かってないのか？』

「え？」

『社長の伊武さんが、先生、先生って、やたら惣太のことアピールしてただろ？　先生は素晴らしいとか、愛があるとか。Uチューバーに病院の広告を依頼したのか？』

「えっ？」

『ちょっと前に業界紙で読んだが、今は広告に掛ける予算がテレビの媒体よりもネットやサイトに掛ける方が多いんだってな。それで心配になって——』

大学病院は和菓子屋とは違う。代理店を使って広告なんて打たない。

けれど、兄の天然具合に感謝したくなった。

『大変なら俺が惣太の病院に行ってあげたいが、自分で脚折るわけにもいかないからな。はは』

「心配してくれてありがとう。兄ちゃん、僕は大丈夫だから」

『そうか？　それならいいが。とにかく、何かあったら惣太の病院へ行くようにお客さんや知り合いには言っておくからな』

「うん。助かるよ」

兄ちゃんが天然で助かった。

惣太は心の中でホッと安堵の溜息をついた。

高良家は兄弟揃ってド天然だったが、二人ともその事実に気づいていない。
それに気づくのはもっとずっと後のことだが、今はまだ誰も知らない——。

《了》

紙書籍限定
書き下ろし
ショート
ストーリー

俺とカシラと人生と

約束していたスイーツ食べ放題のお店――『極甘天国』へ来ると、惣太先生の勢いが止まらなくなった。色とりどりに並んだケーキやムースやフルーツやアイスを、皿に取っては席に座り、片っ端から片付けていく。鮮やかな競技のようだ。

「惣太さん……なんか凄いっすね」

「そうか？　田中ももっと食べないと。時間制限があるんだろ？」

「んじゃあ、俺もおかわり行ってきます」

田中は立ち上がると、ケーキが置いてある場所へ向かった。

店内はアリスのマッド・ティーパーティーに似た世界観で、ポップでヴィヴィッドな空間にハートモチーフのテーブルや椅子がずらりと並んでいた。天井からはチューリップ型のランプが下がり、クロスと床は赤と白の水玉模様で見ているだけで眩しかった。

スイーツだけでなく、パスタやピザ、カレーやピラフも食べられるのが嬉しい。飲み物やアイス、かき氷まであるので、田中は気が向くと一人で来ていた。

おかわりを取って席に戻ると、先生がハート型のストローでメロンソーダを飲んでいた。ストローに添えられた両手とちょこんと尖った唇が可愛い。

「おかえり」

「ただいまっす。今日は珍しく苺が食べ放題みたいですよ」

「へえ」

「俺はいつもこうやって、ポテトを食いながら甘いのを食ってます」

甘味だけだと飽きてくるので、間にサラダと塩気を挟む。すると無限に食べられるのだ。

「俺も後でポテト食う」

「いいっすね」

あれこれ食べながら、どうして先生はそんなに早・大食いなのか訊いてみる。

「早食いなのは仕事のせいかな。整形外科《オルト》は緊急オペが多いから、食事中に呼び出されることもしょっちゅうで、食べ損ねると、それこそ一日何も食べられないとかあるし。結構、悲惨なんだ」

「大変っすね」

「まあ、慣れてるから今はなんとも思わないけど」

「そんなもんすか」

「うん」

大食いなのは体質のようで、どうやら胃下垂らしい。家族全員が同じ体型だそうだ。どれだけ食べても太らないのは、ちょっとだけ羨ましい。

元々、ボクサーをしていた田中は過酷な食事制限の経験があり、食欲と闘いながら減量をする大変さを身を持って知っていた。

人間の本能である食欲を我慢するのは簡単なことじゃない。

けれど、先生の清々しい食べっぷりを見ていると、自分のストレスが減っていく気がした。

「そうだ。カシラとは最近どうなんすか？　上手くいってます？」

「うーん。どうかな」

「俺とデートしてるって知れたら、カシラがまたジェラってくるかもですけど」

冗談交じりで言うと、先生が真面目な顔で反論してきた。そんなところも可愛い。

「これはデートじゃないから」

「分かってますって」

「なら、いいけど……」

また一口、ソーダを飲む。今度はほっぺがぷくっとなった。

「やっぱ惣太さんって、カシラのことが大好きなんすね」

「……うっ」

「操を捧げるってそんな感じなんすね。分かります」

先生の顔が一瞬でメロンソーダのさくらんぼより赤くなったが、華麗にスルーする。大好きでたまらないというのが表情から伝わってきた。

凄くいいなと思う。

好きが溢れて、それを知られるのが恥ずかしいのに、もう自分ではどうすることもできない。

幸せに満たされて堪え切れずにそれが溢れ出るなんて、凄いことだ。

機械ならもう壊れている。
――やっぱ、いいな。
恋をしている男の顔が目の前にあった。
田中はそんな顔をもう一つ知っている。
「また俺とデートしましょうね」
「するか」
「はは、可愛いなぁ」
先生は田中の言葉を無視して苺の載ったスコーンをむしゃむしゃと食べ始めた。
そんなことをしても可愛いだけだ。
リスのような食べ方を見て、無意識のうちに目が細くなる。
尊敬している伊武《カシラ》の気持ちが少しだけ分かった。
――惣太さんはやっぱり可愛い。
口が悪いと言う人もいるが、田中はそうは思わない。
素直で真っ直ぐな人だ。
そして本当に強い人だ――。
先生を見送った後、田中はジムへ向かった。
体は常に鍛えておかないといけない。

これでも関東最大の組織暴力団・三郷会《さんごうかい》系伊武組の若頭補佐、つまり伊武組若頭にとっての唯一のボディーガードなのだ。

松岡は知力、田中は体力を担当している。それゆえ、腕にも体力にも絶大な自信があった。

――俺にはこれしかないしな……。

ふと目の前のガラスに映った自分の姿を見る。

金髪のいがぐり頭に、生意気そうだが愛嬌のある顔。

細身ではあるが実用的な筋肉が全身についている。

――もう、あの頃の自分じゃない。

二十三歳の立派な大人だ。

田中はランニングマシンで軽くウォーミングアップをしながら、昔のことを思い出していた。


伊武と出会う前、田中の生活は荒れていた。

母一人、子一人の家庭で育ち、父親が誰かも分からなかった。

中学時代から生活が荒れ始め、次第に半グレのメンバーとつるむようになり、高校へは行かなかった。

喧嘩に明け暮れる日々。

居場所と仲間を守るためには戦うしかなかった。

そんな中、腕を買われてボクシングの道に進んだ。ジムを経営していたのは、やはり反社の息のかかったフロント企業だったが、田中はそれを気にも掛けず、ひたすらボクシングに励んだ。

ボクシングは不思議なスポーツだった。

路上でやれば秒で捕まるが、リングの上なら称賛される。自分の力を正しく使えば道が開けることを初めて知った。実際にやってみると、どのスポーツよりも技巧的かつ孤独な競技で、そのストイックさがボクシングにのめり込む一因になったのかもしれない。

十八歳でプロテストに合格し、これからという時、あの事件が起きた。

夜の街を歩いていた時、ビルの隙間で暴行されている少女に気づいた。見ると全身痣だらけで抵抗する様子もない。暴行している男は彼氏のようで、少女は嵐が過ぎ去るのをじっと待っているように見えた。

少女と目が合った瞬間、これは駄目だと思った。

――死んだ魚の目だ。

もう、何もかも諦めている、そんな目だった。そして、内縁の男に殴られている母親と同じ目をしていた。

脊髄反射、と言ってもいいかもしれない。

気がついたら体が動いていた。

名前も顔も知らない赤の他人を身勝手な正義でボコボコにしてしまった。

結局、傷害で二年の処遇勧告付きの第一種少年院送致になり、そこを出た後もまともな職業に就けずフラフラしていた。

運が悪い、頭も育ちも悪い。

何もかもが嫌になって、落ちるところまで落ちるんだろうなと思いながら、曜日の分からない毎日を過ごしていた時、ヤクザにもなれないチンピラと喧嘩しているところを伊武に見つかり、声を掛けられたのだ。

――せっかくの才能をドブに捨てるな。

言っている意味が分からなかった。

背が高く肩幅の広い男だった。パッと見は外資系のエリートリーマンに見えたが、スーツと時計と革靴が堅気のものではなかった。その視線の強さと背負っているオーラも。

――インテリヤクザか。

この世で最も嫌いな人種だ。

そう思った田中は男の革靴を目がけて唾を吐いた。

それが靴先に届くのとほぼ同時に胸倉をつかまれた。顔を近づけられる。目が、目だけが本気だった。その瞬間、本物のヤクザにボコられて死ぬのも悪くないと思った。

「面白いガキだな」

「……うるせぇ。ガキじゃねぇし」

「唾を吐いた詫びとして、俺のボディーガードになれ。ちょうど必要だったところだ」

男はそう言って薄く笑った。

色気のある顔。それ以上に、目の奥に知的な光が宿っていて、背負っているヤクザのオーラとのギャップが薄ら寒かった。筋肉馬鹿やサイコパスの方がまだましだ。

田中は恐怖を感じつつ、妙に柔らかくてそれでいて冷たい、ドライアイスのような目を睨み返した。

「……俺はヤー公が嫌いなんだよ。あっち行けよ」

「そうか。じゃあ、一緒に行くか」

そのまま近くに停めてあった黒塗りのレクサスに放り込まれて、低層階のマンションの最上階に連れて行かれた。

風呂に入れと言われて入った。

なるほど裸に剥かれてバラされるのだと思い、最後の風呂を堪能した。

本音を言えば堪能なんてできなかった。恐怖で足が震え、ろくに洗えもしなかった。時間が過ぎるほど恐怖が募り、眩暈がして、最後は風呂場で失禁していた。シャワーに当たりながら泣いていると男が声を掛けてきた。

「なんで風呂に入らない？」

「え？」

「バスタブにお湯を溜めて入れ」

命令されて風呂に入った。

やはり殺されるのだろうか。体をふやかした方がバラしやすいのかもしれない。

お風呂は広く、清潔で心地よかった。

足が伸ばせる浴槽、温かいお湯、白い湯気で満ちている浴室。

理由は分からないが涙が出た。あらゆる感情が喉元まで込み上げて涙が止まらなくなった。

思えば子どもの頃から風呂に入る習慣がなかった。

家の浴槽には常に大量のゴミ——空き缶や空き瓶、ハンガーや壊れた扇風機などが入っていた。シャワーを浴びるのもままならず、ガスが止められているせいで、出てくるのはいつも冷たい水だった。

少年院では週に二、三度、風呂に入れたが、工程ごとに時間が決まっていて流れ作業のようだった。それからずっと水のシャワーを浴びることが入浴だと思っていたのだ。

「ヤクザに喧嘩を売って、おまえは何がしたいんだ？」

「…………」

「今日みたいに、街でチンピラを殴って金がもらえるのか？」

何かを諭すような声だった。

「ボクシングをやる前に徹底的に教え込まれただろ、グローブを着けずに人を殴るなと。おまえは馬鹿なのか？」

馬鹿と言えばそうなのだろう。

実際、男の言うとおりだった。

ボクシングを始める時に最初に教わるのは力の使い方だ。

プロが殴れば冗談程度の力でも人が死ぬ。だからこそボクサーはリングの外でグローブを着けずに人を殴ることを生涯禁止されるのだ。

「……かです」

「ん？」

「俺は馬鹿です。どうぞ、殺してください」

田中がそう言うと男は笑った。

「おまえ、犬みたいだな」

「…………」

「なんだ。ホントは綺麗な金髪なんだな」

男はそう言うと田中のいがぐり頭をよしよしと撫でた。大きな手だった。

「『殺してください』じゃなくて、まず俺に唾を吐いたことをきちんと謝れ」

「……すみま……せんでした」

不意に髪を引っ張られて視線を合わされた。街で見た時と違い優しい目をしていた。

「おまえの腕を俺が買ってやる。一生分だ。だからもう、馬鹿なチンピラを殴るな。分かったか？」

涙がこぼれた。

——自分がずっと欲しかったもの。

手放しの優しさ。

ありのままを受け入れられること。

そして、自分の力を認めてもらえること。

田中は何も言えず、押し黙ったまま下を向いて泣いた。
浴槽にたくさんの涙が落ち、その冷たい涙もいつしか温かいお湯に溶けてなくなった。

今でもあの日のことを思い出す。
もし伊武に出会えていなかったら、どうなっていただろう、と。
伊武に出会えなかったら。
松岡に出会えなかったら。
親父や他の組員たちに出会えなかったら。
違う人生になっていたかもしれない。
いや、なっていただろう。
伊武の優しさに出会わなければ、ここまで来れなかった。
お風呂の温かさを知らなければ、自分の過去と向き合うこともなかった。
——力と才能は人のために使え。それがやがて自分のためになる。
あの時そう言われて、田中は決心したのだ。
この人のために生きる、この人のために戦う、と。
だから、これからもずっと自分の力を正しく使う。
そう心に決めている。
「田中、今日はありがとう。先生はどうだったか？」

「あ、元気そうでしたよ。滅茶苦茶、食ってましたけど」

田中の言葉に伊武が笑った。

「そうか、それはよかった」

「あ、どうします？　今日はマンションの方に帰られますか？」

「そうだな。明日、先生が来るかもしれないから部屋を片付けておこう」

「俺、手伝いに行きますけど」

「構わない。自分でやる」

「そうですか」

伊武は今日、本家から自宅へ帰るようだ。

「田中も帰っていいぞ」

「はい」

「飯食って、風呂も入っていけ」

「ありがとうございます」

田中が頭を下げると伊武は軽く右手を上げて部屋を出た。

そのまま広いダイニングで一人、残り物のカレーを食べていると先生からメッセージが来た。

——今日はありがとう。

そっけない一文に可愛いカワウソのスタンプが一つ。

「ふっ……」

思わず笑いが洩れる。
田中も同じようにお礼の言葉とスタンプを返信した。
伊武と先生は似ている。
優しいところと、強いところ。人のために自分の力を使えるところ。他にもたくさん。
だからこそ惹かれあい、伴侶になったのだ。
俺もいつか、きっと――。
ふとそう思った。
そうだよな?
自分の人生もきっと悪くない。
たくさんの出会いに背中を押されて、これからも前を向いて歩いていく。

俺とカシラと人生と。

歌のタイトルみたいだが、これが真実だ。
これまでも、これからも、続いていく。
この優しさの中でずっと……。

《了》

おまけショートストーリー

それはただ、甘いだけの休日

惣太はまだ自分が眠りの底にいることを熟知していた。真夏のプールの底に沈んで空を見上げている時のような、そんな心地のよさを感じる。広いプールでただ一人、頬に日差しを受けながら、遠い青空を眺めている。どこまでも終わることのない贅沢な時間。息苦しささえも心地いい。視界は揺れ、自分の手足に網目のような光の模様ができていた。ごふっと息を吐くとサイダーの泡に似た空気の粒が上昇する。

――ああ……もう、起きようかな。

それとも、あともう少しだけ寝ようか。

体も意識も半分だけ眠っているような、この時間がたまらなく愛おしい。いつまでもこのままでいたいと思う。

――気持ちいいな……。

中途半端な覚醒を心の底から楽しんでいる自分がいた。

不思議だと思う。昔は意味のない時間を過ごすのが苦手だった。無駄な行為が嫌いだったからだ。けれど、人生には遊びが必要だと知った。伊武が教えてくれた風車《かざぐるま》のように、そこに〝遊び〟があることで、人生がなめらかに回り始める。余裕を持って過ごすことで人にも自分にも優しくなれる。

――どんな些細なことにも遊びという余白が必要だ。

そう思えるようになったのは伊武のおかげだ。伊武がそれを教えてくれた。

今、自分は伊武の大きな体に包まれて眠っている。守られて、愛されて、宝物のように大切にされている。あともう少しだけ、この幸せを享受していたい。伊武の愛を感じながらウトウトと眠りたかった。

伊武の腕の中で軽く身じろぎする。すると旋毛に一つキスを落とされた。それ以上は何もされない。伊武はまだ惣太が目を覚ましているのを知らない。

手の動きや深くゆっくりとした呼吸から、伊武が自分を起こすまいと気を遣っているのが分かる。そっと顔を寄せられて髪の匂いを嗅がれる気配があった。

嬉しい。愛されているのが分かる。

幸せだなと思った。抱き合ってベッド上で眠っているだけでこんなにも幸せだ。

その上、今日は休みで一日、伊武と過ごせる。

こんなふうにぐだぐだしながら二度寝だって三度寝だってできる。

なんて贅沢なんだろうと思った。

ゆっくりと手を伸ばして伊武の体を引き寄せる。その胸に顔を埋めてふにゃっと溜息をつく。こんな大胆なことができるのも自分が眠っているからだ。

どれだけ一緒にいても、どれだけ行為を重ねても、惣太の緊張とドキドキは解けなかった。伊武といると毎回、きっちり緊張してきっちり興奮してしまう。何をしても愛の行為には慣れない。けれど、そんな自分には少しだけ慣れた。自分がそうなってしまうのは伊武が好きだからだ。

どうしようもなく、好きだから。

真っ赤な顔で己の心臓を持て余している惣太を見て、伊武はやっぱり呆れているのかもしれない。それでも構わない。伊武が好きでそうなっているのだから——。

「んっ……」

目を開けると自分を見ている男と目が合った。伊武はほんの少しだけ驚いてみせたが、おはようと優しく声を掛けてくれた。当たり前のようにニッコリと微笑んでくれる。

「起きたのか?」

「ん……」

「まだ、寝てていいぞ。せっかくの休みだ」

伊武はそう言いながら惣太の頭を撫でてくれた。大きな手の感触が気持ちいい。嬉しくて、餌をせがむカワウソのようにきゅんきゅんと鼻を鳴らしてしまいそうだ。

「今日は俺も仕事を休む。久しぶりの休日だからな。二人でゆっくり過ごそう」

伊武は体を休めるのも仕事のうちだと呟いた。それは、怠惰な時間を過ごすことに罪悪感を覚えている惣太に対する、小さな優しさでもあった。

「何かしたいことはあるか?」

「特にない」

「そうか」

「伊武さんとゆっくりしたい」

「可愛いことを言う」

伊武が目で甘やかしてくる。もう体が溶けてしまいそうだ。

「……なんでそんなに見てくるんです？」

「先生の寝顔が可愛かったからだ。あまりにも可愛いからじっと見入ってしまった。だが、それだけじゃない。起きてもまだ可愛いぞ」

「うっ……」

恥ずかしさに耐え切れずベッドの上でゴロゴロしていると、手を伸ばされて髪を弄ばれた。くるくると指先に巻かれて、そこがぴょこっと跳ねる。

「先生は寝癖まで愛らしい」

「寝癖、変ですか？」

「変だがチャーミングだ。いつもは真っ直ぐなのに、今日は一箇所だけ跳ねてオカメインコの頭みたいになっている」

「オカメって……やめて下さい」

「可愛いと言ってるんだぞ」

「そうは聞こえません」

「なら、いつものあれをやってくれ」

「いつものあれって？」

惣太が尋ねると伊武が布団を捲った。中にある毛布だけを取り出して惣太に被せる。

「先生が具材になってなんの食べ物か当てる、ジェスチャーゲームだ」

「分かりました。いいですよ」

惣太は時々、寝起きにそんな遊びをしていた。朝ご飯を作りに行く伊武を止めたくて始めた遊びだ。

「じゃあ、いきますよ。これなーんだ」

まずは簡単なものから。体に毛布をくるくる巻いて隙間から顔を出す。

「うむ、それはクレープだな?」

「正解です」

惣太が正解と言うと伊武は嬉しそうな顔をする。

「次、これなーんだ」

折り曲げた毛布の隙間に惣太が入る。体を縦長に伸ばした。

「ホットドッグだ」

「正解です」

素早く次の準備をする。今度は毛布を袋状の半円に折ってその中に入った。

「これなーんだ」

「ピタパン……ああ、可愛いやつ。俺の好きな可愛いやつだ……」

伊武のテンションが上がる。伊武はなぜかこのピタパン——ぷくっと膨らんだ袋状のパンのジェスチャーが大好きだった。

「じゃあ、次。これなーんだ」

今度は毛布をぐるぐる巻きにして体全体を覆い、エビのように丸まった。顔が出ていないので息苦しい。

「クロワッサン。先生、早く出てくれ」

伊武の焦る声が面白い。

続けて毛布を開き、巻いたり開いたりする行為を何度も繰り返す。動きに緩急をつけると伊武が身悶えた。

「トルティーヤとブリトーだ。ブリトーになる瞬間がたまらなく可愛い」

「正解です」

「いいぞ」

伊武のテンションが益々上がる。次、次と、催促してくる。続けて毛布を縦に折り、中で体育座りをした。

「タコス！」

「正解です。じゃあ、これなーんだ」

今度は横長にした毛布に入り、両手を出して揺らした。薄い肉のイメージだ。

「ローストビーフサンド」

「ブッブー。違います」

「ならなんだ?」

「これはケバブサンドです」

「初めてのやつだな。意地悪だ」

「外側が横長なのがヒントでした。具材は俺が決めるんで」

そう言いながら、次の準備のために毛布を丸く重ねていると伊武が口を開いた。

「ハンバーガー」

「先に言うのはなしです」

「答えは俺が言うからな」

伊武はどうだという顔をしている。その顔を見て惣太は吹き出した。仕方がない。正解ですと答える。

「最後にもう一回、あれをやってくれ」

「あれって?」

「俺の可愛いピタパンだ」

「いいですよ」

毛布を半円に折って袋の中に入る。そこから顔だけをぴょこんと出した。

「ああ、可愛い。俺の好きなやつ」

伊武が目をキラキラさせながら近づいてくる。鼻の先がつく距離まで詰め寄られて、額にちゅっとキスされた。

「食べてしまいたくなるほど可愛いな」

溜息をついている伊武に向かって、惣太はピタパン語で話し掛けた。

「オレハピタパンデス」

「知っている」

「ナカニスキナモノヲイレテクダサイ」

「好きなものは先生だ」

「モウハイッテイマス」

「ならそれでいい」

「カンセイデス。ドウゾ」

「ああ、ピタパンの先生は本当に愛らしい。夢のようだ。よし、そんな可愛い先生のために朝食を作ろう。作っている間はここで大人しくしているんだぞ」

お揃いのパジャマ姿である伊武に脅される。惣太は毛布に包りながら「ワカリマシタ」と頷いた。


伊武が作ってくれたのはトマトとレタスを挟んだシンプルなサンドイッチだった。スープと一緒に木のトレーに載せて寝室まで運んでくれる。トレーには折り畳み式の足がついていて、ベッドの上に置いて食事ができるものだった。

伊武と部屋で洋画を観ていた時、小さな男の子が母親のために朝食を作るシーンがあった。その男の子がシリアルと牛乳を載せたトレーを持って母親の寝室へ向かう姿が可愛くて、惣太は思わず

「いいなぁ」と洩らした。すると数日後、伊武が同じことをしてくれた。伊武はこれを休日のカワウソセットと呼んでいる。

「できたぞ。たくさん食べていいからな」

「ありがとうございます」

惣太は笑顔でトレーを受け取った。

パジャマのままで食べるのはあまり褒められた行為ではないが、のんびりと朝の時間を過ごす。伊武が作ってくれたホットサンドイッチをベッドの上で食べた。白いシーツに朝の光が反射してキラキラと眩しい。温かくて幸せな時間だ。

静かな部屋にサクッ、パリッといい音が響く。

レタスは瑞々しく、トマトは甘味があって新鮮で美味しかった。主張しない程度に入っているチェダーチーズもコクがあって美味しい。スープはコンソメだ。キラキラと黄金色に輝く表面から白い湯気が立ち昇っている。香ばしい匂いがした。

「美味しいか?」

「どれも美味しいです。パンが焼いてあるのが嬉しい」

「先生はホットサンドの方が好きだからな」

惣太はふにゃっとしたパンで作られたサンドイッチよりも、カリッと香ばしいトーストに具材が挟んであるものが好きだった。どんどん食べ進める。

伊武は黒のカットソーに緩めのチノパンを合わせ、すでに休日の姿になっていた。惣太にトレーを渡すと、寝室にある一人掛けのソファーに座って、惣太が朝食を食べる様子を眺め始めた。満足そうな顔でじっとこちらを見ている。

しばらくすると、伊武はバイオリンを持ち出して調弦を始めた。いつもの穏やかな休日の風景だった。箱つき音叉からポーンと牧歌的な音がする。

「それって仏壇みたいですね」

「仏壇……お鈴のことか？　全然違うぞ」

「そうですか？」

「そうだ。これはAだからな」

そんなことを言われても分からない。伊武の説明によるとAはラの音だそうだ。それがバイオリンの二弦と同じだという。

「もしかしてG線上のアリアってそのAとかBとかのことですか？」

「B……」

「伊武さん？」

「低い方からGDAE、ソレラミだ」

「ふーん」

「先生は興味がないとなんでも素通りするな」

「え？」

「いや、いいんだ」

「じゃあ、何か弾いて下さい。伊武さんが弾いている所を見たいな。お願いします」

「では、G線上のアリアを弾こう」

伊武がバイオリンを構える。すぐに馴染みの曲が流れた。これがそうなのかと思ったが、惣太にとっては「卒業証書、授与！」の曲にしか聴こえなかった。寝て起きても景色が変わらない恐怖のあれだ。

クラシック音楽のよさはやっぱり分からない。G戦場やG扇情の方が面白いのにと思う。ただ、伊武がバイオリンを弾いている姿を見るのは好きだった。伊武の真っ直ぐな顎や伏し目がちの横顔、男らしい指が動く様子を眺めているのは本当に楽しい。全てが綺麗で感動する。

どうやらバイオリンは顎と肩で挟んで弾く楽器のようだ。その感じがエロティックだなと思う。ただ音を奏でるのではなく、楽器を体の一部にしてそのポテンシャルを最大限に引き出す。深いことは分からないが演奏はセックスと同じなのだと、心のどこかで思った。伊武の演奏が上手いのはきっとそのせいだ。

伊武は一通り弾き終えると息をついて弓を下げた。惣太はパチパチと拍手をした。

「先生のために愛を込めて弾いた」

「ありがとうございます。伊武さんのおかげで、お腹いっぱいになりました」

「サンドイッチでだろう？」

「うっ……」

気がつくとお皿が空っぽになっていた。スープもしっかり飲んである。食べた記憶がないのに完食していた。まだお腹に余裕はある。おかしいなと驚いている惣太を見て、伊武はわずかに苦笑した。

「よく食べるな」

「お、美味しくて」

「ならよかった」

伊武はいつもの手順でバイオリンの手入れを終えると、それをケースに片付けた。

「ほら、おいで」

次のメンテナンスは先生の番だとでも言うように、伊武はベッドの上に腰を下ろした。膝をぽんぽんと叩く。恒例の膝乗せチェックの時間だ。伊武はたじろぐ惣太を捕まえて抱き上げると自分の膝の上に乗せた。

「少しだけ重くなったな」

伊武が膝を揺らした。惣太の体も上下に揺れる。

「付き合い始めの頃は食事量が減って体重が軽くなった。俺は凄く心配していたんだ。だが、この所、以前の食欲が戻ってきたようだな。毎日たくさん食べている。重くなったし、毛艶もいい」

「毛艶って、なんか……飼育係みたいですね……」

もはやバイタルチェックですらない。

「違うのか?」

「違います」

「俺は今〝毛の生えた可愛い何か〟を膝に乗せている」

「ひ、ひどい……」

「本当に可愛いだろう？　ほら自分で鏡を見てみろ」

「嫌です」

「我儘を言うな」

「どっちが」

「可愛いのが悪い。大罪だ」

「意味が分からない」

微笑んだ伊武にキスされた。口から鼻へ、鼻から頬にちゅっと口づけられて、最後にすりすりと頬ずりされた。

「先生がこうやって俺の膝の上にいて、息をして生きているだけでもう幸せだ。神に感謝したい。いや、するべきだ。その上、俺を好きだと言ってくれる。愛していると言ってくれる。こんなに幸せなことが他にあるだろうか？」

いや、ないに決まっている、とその目が語っている。

反語法で愛を伝えてくるヤクザに内心吹いた。けれど嬉しかった。

「先生をこうやって一日中、抱っこしていたい。撫でて、可愛がって、いつまでも抱き締めていたい。白く柔らかい頬に頬ずりして、時々、かぷっと噛みたい。先生の全てを一生俺がメンテナンスする。それくらい愛している」

「やっぱり、飼育員だ……」

「恋人だ」

「俺も伊武さんの面倒を見たい」

「駄目だ。俺が面倒を見る。可愛がる」

「嫌です。俺だって――」

「先生はただ可愛がられろ」

「なんで命令形なんですか」

「先生は可愛いが仕事だ」

「俺の仕事は外科医です」

「ピタパンだ」

「それも違います」

全く、埒が明かない。

伊武はいつもこうやって、あの手この手を使って惣太を可愛がろうとしてくる。隙あらば甘やかす。朝も昼も夜もだ。自分だって伊武を可愛がりたい。時には年上だということを見せたい日だってあるのだ。

――伊武さんだって毛の生えた生き物だ。

惣太は伊武の膝の上に乗ったまま、なんとなくその前髪に触れた。伊武の髪は硬くてしっかりとしている。

「髪の毛、伸びましたね。切りに行きます?」

「いや、まだいい」

「俺が切りましょうか?」

「じゃあ前髪だけ先生が切ってくれるか?」

「もちろん、いいですよ」

惣太は微笑んで軽く頷いた。


伊武の部屋はルーフバルコニーが広く、ガーデニングやバーベキュー、家庭菜園ができるほどの余裕があった。普段は椅子やテーブルを置いてカフェテリアのテラスに似た使い方をしている。ウッドデッキと敷石を合わせた場所に、インドネシアのリゾートホテルにあるようなアジアン家具を置いていた。そのウォーターヒヤシンスで細かく編まれたソファーは惣太のお気に入りで、うつぶせで寝転がりながら帆布製のパラソルの下でビールを飲むと、リゾート気分が味わえて楽しい。東京の空も捨てたもんじゃないなと思う。

惣太はカットの準備を整えて、伊武を木製の椅子に座らせた。

ケープの代わりに伊武の肩に薄いタオルを巻く。ピンで留めて、伊武の髪にゆっくりと櫛を入れた。

「痛くないですか?」

「大丈夫だ。気持ちがいい」

伊武のために自分の手を動かせることが嬉しい。鋏を使うのは得意だ。整形外科医がオペで一番使うのが鋏だからだ。プロの美容師のようなカットはできないが、前髪を揃えるぐらいはできる。ドライカットで丁寧に毛先を切った。

「先生は持ち方が独特だな」

「これは外科医の持ち方です。美容師さんの持ち方と似てはいますが、それとは人差し指の置く場所が違います」

「いい音がするな」

「ふふ……伊武さんの髪は切り応えがあって気持ちいい」

内側を軽く梳きながら短くしていく。動きが出るように毛先の長さに差を出した。

ああ、髪まで実直で真っ直ぐだな。でも――

伊武の前髪は凄くエロティックだ。本人は気づいているかどうか分からないが、普段は大人しくしている前髪が行為の時だけ荒々しく動く。惣太の額を擦ったり、肩口を刺したりもする。溜まった汗が流れ落ちる瞬間は、美しく、扇情的だ。キラリと光る汗が自分の上に降ってくる嬉しさと快感は言葉にできない。伊武の愛がこの前髪を伝って落ちてくるのだ。どれだけ苦しくても、どれだけ感じていても、その瞬間だけははっきりと分かる。幸せの雨だ。

「あんまり短すぎるのもよくないですね」

「そうだな」

楽しみがなくなってしまっては元も子もないと心の中で呟く。自分の上に汗を落としてくれるのはこの前髪なのだから。

「これくらいでどうですか？」

鏡を取って見せる。

「うむ。もう少しだけ短くしてくれ」

「分かりました」

数ミリ短くカットして周囲を整える。もう一度、鏡を見せると伊武がいいだろうと頷いた。

「お疲れ様です。これで完成です」

「ありがとう。凄く上手だ」

伊武の髪が早く伸びるといいなと思った。そうすればまたこうやって伊武の髪が切れる。


昼食の後、午後はそれぞれの時間を過ごした。伊武は仕事があるのかスマホとタブレットに集中している。惣太はその近くに座って文庫本を読んだ。作業に飽きた伊武がコーヒーを淹れてくれる。ミルクたっぷりのカフェオレを飲みながら二時間ほどで本を読み終えた。本を伏せると伊武がソファーの隣においでと呼んでくれた。伊武の体に甘えるようにもたれ掛かると軽く腰を抱かれた。けれど伊武はその体勢のままタブレットを操作している。

「何、してるんですか？」

「簡単に言うと経営している店や会社から上がってくる報告書を読んで評価を与えている」

「ふーん」

「ああ……また、流れたな。興味がない証拠だ」

伊武が苦笑している。

「聞いてますよ。続きは？　具体的に言うと？」

「経営者として組織の目的と使命を決定し、未来のあるべき姿を従業員や組員に対してきちんと指し示す。明確な戦略を策定した上で、今ある事業を進める、あるいは再定義する。リスクとリターンのバランスを考えながら次の経営計画を立てる。それを実行するための手順や資金を用意する。小さな積み木を積むような、堅実で地道な作業、その繰り返しだ」

「それって楽しいですか？」

「先生は患者を治して楽しいか？」

「もちろん楽しいです」

「同じことだ」

惣太は伊武がしている仕事について全くと言っていいほど理解していなかった。元々、経済に興味はなく、企業の経営や業務についての知識はない。伊武が全ての物事において戦略を立てて行動していることは知っていたが、その強かさと綿密さにいつも驚いていた。全てが計算の上で成り立っている。もちろん外科医である惣太は、先の見通しを持って手順を考えることに慣れてはいるが、伊武とは仕事に対しての行動原理が根本的に違う。

世間一般のトレンドや消費者が求めるもの――目に見えない、形のない他者のニーズを読んで何かを始めるというのは、惣太には見当のつかない世界だった。それだけに伊武を心から尊敬している。経済ヤクザである伊武が法律すれすれの仕事をしていることももちろん知っているが、それでも世の中の役に立っていると惣太は思っていた。

「なんかカッコいいですね」

「ざっくりとした感想だな」

「でも、カッコいいです」

「惚れたか?」

「惚れ直しました」

「さらっと可愛いことを言うんじゃない」

伊武がタブレットのカバーをパタリと閉じた。それを置いた手でぎゅっと強く抱き締められる。

「全ては先生のためだ」

もちろん自分を信じてついてきてくれる組員のためでもあるが、と伊武は続けた。

「いつも先生のために何かをしていたい。常に先生の役に立っていたい。先生が外科医として生きていけるように、なんの不安もなく毎日を過ごせるように、先生が困った時は一番に助けてやれるように、俺は強くしなやかな人間でありたいんだ」

しなやか。

いい言葉だと思う。

本当の強さは強度ではなく柔軟性があることだ。

「でも、伊武さんはちょっと俺を甘やかしすぎです」

俺がそうしてるんだからな」

「そのうち、もの凄く我儘なカワウソになるかもしれません」

「それじゃ、なりすぎて、部屋の中で暴れ回って、窓からお菓子を投げるかもしれませんよ。きのこの山じゃないのにって」

「だったら、急いでたけのこの里を買いに行く」

通じるとは思わず噴いた。

「全部、俺が決めることだ。先生には口出しさせない」

きっぱりと言われてしまう。けれど、それが嬉しかった。

「俺は他に何もいらないです。伊武さんがいてくれるだけでいい」

「ああ……先生はなんて健気なんだ……」

また抱き締められる。草原のように爽やかな伊武の匂いがした。

「そんな健気な先生には純金の浴槽を与えよう。輝くバスタブだ」

「だからいらないですって。金の斧みたいに、気軽に言わないで下さい」

「先生は本当に欲がないな。非常に残念だ」

「純金の浴槽なんてどこにも入れないですよ」

「比喩だ」

「分かってますけど」


——俺は決めた。

やっぱり決めた。

あなたと人生を共にします。

そして、あなたの愛に応えられるような立派な男になります。


伊武は惣太の決意に気づかなかったが、惣太の愛が真っ直ぐ自分に向けられていることだけは分かっていた。

《了》

あとがき

皆様こんにちは、谷崎トルクです。

最後までお読み頂きまして、誠にありがとうございます。

第二巻、いかがでしたでしょうか？

今作のテーマは運命の恋——赤い糸でした。

恋愛もので赤い糸というと、随分オーソドックスな題材だと思われるかもしれませんが、あえてこのモチーフを選んでみました。というのも、この題材を伊武さんと惣太先生に当て嵌めた時、ふと思い浮かんだのが、赤い毛糸に絡まる子猫の姿だったからです。

まだ猫じゃらしにも慣れていない子猫が夢中になって遊んだ結果、糸が体に絡まって雁字搦めになり「ぼく、ねこですし……ほんとはもっとうまくできるんですけど……」と、困り顔でへそ天している姿が頭をよぎりました。それに重なるように、恋に慣れない二人がお互いの愛に絡まって動けなくなっているイメージが湧いてきました。

今作の伊武さんの嫉妬、そして惣太先生の斜め上を行く頑張りは、全てお互いを思うあまりの、愛ゆえの行為です。思いあう気持ちが大きすぎてお互いを引っ張りあい、ぐるぐる回りながら悩んだ結果、赤い糸は絡まり、最後は身動きが取れなくなってしまいます。けれど、そのおかげで二人は一生離れられなくなったのかもしれません。

人生は近くで見ると悲劇だが、遠くから見れば喜劇だ、という言葉がありますが、笑えるエピソードでも二人にしてみればもう必死です。けれど読者の皆様は私と同じように、困惑してへそ天する子猫を応援するような気持ちで二人を見守って下さったのではないでしょうか。

　これからも伊武さんと惣太先生は、二人らしい問題を起こし、時には悩んだり傷ついたりしながら、それを愛の中で解決していくのかもしれません。こんな不器用で一生懸命な二人を、引き続き応援して頂けると嬉しいです。

　そして一巻の電子配信中からたくさんの温かいご声援を頂きまして、誠にありがとうございました。伊武さんと惣太先生だけでなく、松岡さんや田中くんにまで応援の言葉を頂き、大変光栄でした。惣太先生と伊武さんの家族も含め、どのサブキャラもひと癖ある人たちばかりなので、ＳＳと合わせて楽しんで頂ければと思います。

　ファーストコールシリーズはコミカライズ（作画：Ｕ－ｍｉｎ先生）もされています。そちらも含め、シリーズはまだまだ続きます。どうぞこれからも、多くの皆様に愛され、楽しんで頂けますように！

　最後になりましたが、作品を手に取って下さった皆様、素敵な挿絵を描いて下さったハル先生、ご指導を頂きました担当編集者様、全ての皆様に心より感謝申し上げます。


谷崎トルク（@toruku_novels）

エクレア文庫をお買い上げいただきありがとうございます。
作品へのご意見・ご感想は右下のQRコードよりお送りくださいませ。
ファンレターにつきましては以下までお願いいたします。

〒162-0814
東京都新宿区新小川町4-1 KDX飯田橋スクエア3F
株式会社MUGENUP エクレア文庫編集部 気付
「谷崎トルク先生」/「ハル先生」

エクレア文庫

ファーストコール2
～童貞外科医、年下ヤクザの嫁にされそうです!～

2021年9月29日　第1刷発行

著者:谷崎トルク
イラスト:ハル

発行人　伊藤勝悟
発行所　株式会社MUGENUP
〒162-0814 東京都新宿区新小川町4-1 KDX飯田橋スクエア3F
TEL:03-6265-0808(代表)　FAX:050-3488-9054
発売所　株式会社星雲社(共同出版社・流通責任出版社)
〒112-0005 東京都文京区水道1-3-30
TEL:03-3868-3275　FAX:03-3868-6588
印刷所　株式会社暁印刷

カバーデザイン◉spoon design(勅使川原克典)
本文デザイン◉五十嵐好明

Printed in Japan
ISBN 978-4-434-29431-0